DEZILOG

ZEICHEN
ZEICHNEN IN
ZEITEN.
ZWISCHEN
DEN ZEILEN
RUHT DIE
WELT

•

Máminak és tátinak sok szeretettel!

DANK an

Inge – ohne meine Frau gäbe es Val Sidal und seine Geschichten nicht;

Janko – seine Meinung und Rückmeldung halfen in der Spur zu bleiben;

Nadine – sie holte mich mit der Leselupe aus dem Elfenbeinturm;

Stefan und Jan – ohne ihre geduldige Mitwirkung bei der Entwicklung und Gestaltung wären die Texte kein Buch geworden;

und allen voran, meiner Mutter für die wunderbaren Übersetzungen ins Ungarische und meinem lieben Klassenkameraden Román László für Korrektorat und Lektorat der ungarischen Übersetzungen sowie für die Übersetzung der Texte ins Rumänische. So konnte mein sehnlichster Wunsch erfüllt werden, ein Buch zu veröffentlichen, in dem meine drei Lieblingssprachen nebeneinander stehen.

LAUF DER DINGE

Mama sagt, ich komme nächstes Jahr in die Schule. Ich weiß nicht, wo die Schule ist.

Ich weiß, wo der Spielplatz ist. Ich weiß, wo der Kindergarten ist, weil ich jeden Tag dort bin. Bei Fräulein Silke.

Fräulein Silke ist nett. Gestern hat sie geweint. Sie hat gesagt, Tränen sind auch nur Wasser – salzig, wie das Meer.

Ich musste auch fast weinen. Achim hat mich gehauen. Mein bester Freund heißt Demirkan. Er beschützt mich vor Dragan. Papa hat gefragt, ob ich Angst habe auf der Straße. Ich habe gesagt, nein. Ich habe nur vor Dragan Angst. Und manchmal nachts.

Wir wohnen auf der Neißestraße.

Opa sagt, die Neiße und die Oder gehören uns, aber man darf das nicht sagen.

Papa sagt, die Straße gehört den Türken.

Ich glaube, das darf man sagen.

Ich sehe gerne fern. Nicht nur Kindersendungen.

Ich spiele auch gerne.

Mama hat gesagt, wenn ich groß bin, werde ich lesen. Darum muss ich in die Schule. Mama sagt – ach egal …

Wir wohnen im Erdgeschoss. Und dort sind Treppen. Wenn wir die Treppen runter gehen, dann kommt manchmal die U-Bahn. Wir fahren in die Stadt mit der U-Bahn. Ich kann auch nachts die U-Bahn hören. Die U-Bahn heißt U-Bahn, weil sie unter der Erde fährt. Sie heißt Straßenbahn, wenn sie aus dem Tunnel rausfährt. Dann kann ich Menschen sehen und Autos. Wenn ich am Fenster sitzen darf. Papa sagt, wenn ich groß bin, darf ich alleine mit der U-Bahn fahren. Aber ich will nicht.

Wo wir aussteigen, das ist keine Haltestelle. Dort ist Bahnhof. Und auf der Straße ist der Dom. Der Dom hat zwei Türme, sagt Mama.

Fräulein Silke hat einmal gefragt, ob ich den Dom malen kann. Ich habe gesagt, nein. Aber zu Hause habe ich doch den Dom gemalt. Es war ganz einfach. Papa hat gesagt, der Dom ist eine Kirche. Die Türken haben eine andere Kirche, die heißt anders. Ich weiß nicht …

Fräulein Silke hat gesagt, in der Kirche kann man zu Gott beten. Es ist sein Haus. Mama hat gesagt, man kann überall zu Gott beten. Ich kann nicht überall beten. Ich kann nur im Bett beten. Auch gestern.

Mama hat mit Papa geschimpft. Sie hat gesagt, du verspielst unser ganzes Geld. Aber das ist nicht wahr! Papa arbeitet immer nur und spielt am Wochenende mit mir. Und nicht mit Geld. Aber Mama hat geweint. Ich weiß nicht …

Papa hat früher Autos gebaut. Ford. Ich weiß nicht, was er jetzt baut. Ich habe sicherheitshalber im Bett gebetet, dass Papa nicht unser ganzes Geld verspielt. Damit Mama nicht weint. Und weil Geld wichtig ist, hat Fräulein Silke gesagt.

Mit Geld kann man Sachen kaufen.

Am Dom ist McDonalds. Dort kann man mit Geld BigMäc kaufen. Und Fritten mit Ketchup und Majo. Das mag ich.

Opa sagt, McDonalds ist nicht gesund, macht fett. Aber ich bin nicht fett. Oma war fett. Aber sie ist tot. Tot ist, wenn Gott ruft. Mich hat Gott nicht gerufen. Ich höre immer genau zu, aber er hat mich nicht gerufen. Ich bin nicht tot.

Wenn Gott ruft, dann kommt man in den Himmel. Wenn man brav war. Ich bin meistens brav. Wirklich!

Opa sagt, wenn man nicht brav ist, dann holt einen der Teufel. Aber Opa sagt auch, in der Stadt stinkt's. Ich glaube, er macht immer nur Witze. In unserer Stadt stinkt's nicht. Opa wohnt in der Eifel. In den Bergen und Wäldern. Er sagt, dort ist die Luft noch rein. Er sagt, der Rhein stinkt. Aber ich glaube, er sagt immer stinkt, stinkt, stinkt, damit die Leute lachen. Aber nur Papa lacht.

Mama sagt oft zu Opa, lass das sein, hör damit auf! Opa hat mich lieb, das weiß ich. Er hat keine Haare mehr. Aber Mama sagt, das liegt in der Familie.

Oma ist jetzt im Himmel und schaut von oben auf den Dom, hat Opa gesagt. Ich schaue noch von unten auf den Dom. Weil er so groß ist. Wenn ich tot bin, dann schaue ich auch von oben.

In der Stadt gehen wir dann spazieren.

Mama sagt auf der Hohestraße, aber ich finde sie ist nicht hoch, es sind nur so viele Menschen. Und Geschäfte.

Wir gehen in ein Geschäft, weil Mama einen Pulli anprobieren muss. Aber Papa gefällt es nicht. Mir gefällt es. Ich finde, Mama sieht toll aus.

Dann spazieren wir auf der Schildergasse. Aber ich habe nicht mehr Schilder gesehen als auf der Hohestraße. Wirklich! Ich habe Papa gefragt, warum die Straßen so heißen, wenn es gar nicht wahr ist. Das sind nur Namen, hat er gesagt.

Einmal hat mich im Kindergarten Murat gehauen. Ich habe geweint, weil es wehgetan hat. Wirklich!

Papa hat geschimpft: Heul nicht! Du lässt dich nie mehr von einem Türken verhauen! Du bist Russe!

Ich wusste es!
Ich bin anders.
...
Ich weiß nicht ...

NGAYA I

Ngaya hatte auf dem Hügel unter der alten Eiche auch seine letzte Frau begraben. Ein hungriges Wildschwein hatte ihn dabei beobachtet. Nun saß er alleine in der Grotte. Wild fuchtelnd scheuchte er den Qualm aus dem Lager. Seine Augen brannten. Böses verzehrte ihn. Es trieb in seinen Gliedern auf und ab. Seine Zähne klapperten. Er zitterte am ganzen Körper. Müde hob er die feine Elfenbeinflöte und setze sie mit geschlossenen Augen an seine schuppigen Lippen.

Ngaya – ich nenne ihn Ngaya, weil er keinen Namen hatte. Weil zu dieser Zeit Namen noch nicht gegeben waren, wusste er nicht, was er war. Aber die Sippe wusste, wer er war: Er war der, der das Recht hatte, und als Erster die Wahl und als Letzter die Tat. Wenn er nach einigen Tagen der Jagd vor allen die Grotte betrat, jubelten sie vor Freude.

Die jungen Mädchen, die in ihren Träumen Ngaya verwöhnt und liebkost hatten, liefen ihm, der sie alle kennen durfte, entgegen, um sich ihm hinzugeben und ihm das Lachen auf das müde Gesicht zu zaubern.

Sie zerrten ihn in die dunkelste Ecke der Grotte, in die Gemächer der Lust und der Erneuerung. Doch Ngaya trieb sie diesmal fort. Die Hetzjagd und das Schleppen der Beute hatten seine Kräfte geraubt. Er wollte nur noch schlafen.

Die Kräftigeren seiner Gefolgschaft witterten ihre Chance. Mancher, der glaubte, sich schon mit Ngaya messen zu können, aber noch nicht den Mut der Tat in den Adern verspürte, suchte die Gelegenheit.

Als Ngaya träumte, dem größten und wildesten aller Mammuts, den tödlichen Stoß versetzt zu haben, wurde er von lautem Geschrei geweckt: Er war sofort hellwach; er hatte einen leichten Schlaf.

Die Mitglieder des Clans schrien und sprangen verzweifelt hin und her. Die Älteren saßen starr am Feuer. Die Älteste jammerte kraftlos.

Mit dem leblosen Leib eines kleinen Jungen in den Armen rannte jemand von einem zum anderen und zeigte mit entsetztem Gesicht und verzweifeltem Geschrei auf den entstellten Körper: Das Kind atmete nicht mehr. Seine Augen waren verdreht und blutunterlaufen. Seine Haut befleckt, verletzt und zersetzt. Auf dem kleinen Körper klebten, verschmiert und festgetrocknet, Überreste von Erbrochenem.

Die jungen Männer der Sippe fuchtelten mit ihren Speeren und mit lodernden Fackeln, trauten sich aber nicht vor die Grotte. Das unbekannte Tier, das das Kind getötet hatte, konnte noch da sein.

In den nächsten Tagen griff das unsichtbare Ungeheuer jeden an. Zuerst die Kinder, dann die Alten und dann die anderen. Ngaya hatte sie alle begraben.

Nun waren sie alle fort. Er saß vor dem Feuer und blies seine Seele in die Flöte. Er wähnte sich kampfbereit; doch ein Gefühl, das er noch nie zuvor erlebt hatte, lähmte ihn. Sein Kopf bedeutete ihm, dass er das Ungeheuer besiegen könnte, hatte er doch bis heute alle wilden Tiere besiegt.

Er merkte, dass etwas sein Innerstes verzehrte: Seine Muskeln erschlafften allmählich. Etwas in seinem Bauch ließ ihn ahnen, dass er diesmal verlieren würde; dass es einen Feind gab, dem selbst er nicht gewachsen war. Es muss das größte aller Tiere sein, dachte er noch, denn er spürte schon den heißen Hauch des Ungeheuers in seinem Gesicht und seinen frostigen Griff am ganzen Körper. Mühsam drehte er sich um. Unsichtbar versetzte ihm der Feind einen heftigen Schlag auf den Kopf.

Jetzt gab es niemanden mehr, der die sieben leisen Töne seiner Flöte hätte hören können. Niemanden in der Grotte, niemanden auf der ganzen Welt, dem das Lied ein Zeichen gewesen wäre: hier sind wir und nicht ihr. Aber wie es bei euch ist, ist es auch bei uns.

Ein Wolf entdeckte Ngaya in der Grotte in den ersten Strahlen der aufgehenden Sonne. Sein lebloser, fürchterlich gezeichneter Körper lag neben der Asche der Feuerstelle, in die seine Flöte gefallen war. Der Wolf schnupperte vorsichtig an Ngayas Gebeinen. Sein Nackenfell richtete sich auf. Den Schwanz zwischen den Beinen, scheute er langsam zurück. Das unsichtbare Ungeheuer stieß immer noch sein Unheil bringenden Hauch aus.

de

mut los an

mutig komme doch

was wolle –

bleib

kind

COMPAÑEROS

„Ein langer, beschwerlicher Weg, Compañero!“, stöhnte Opa Emilio und sog kräftig am Mundstück seiner mit roten Rosen verzierten Porzellanpfeife, als glühte sie immer noch, die alte Flamme der Revolution. Sebastian wusste, das zierliche Gefäß hatte seit vielen Jahren kein einziges Tabakblatt mehr gesehen, seitdem die Ärzte Opa das Rauchen verboten hatten. Wegen des Hustens und Blutdrucks.

Auf dem Balkon des Plattenbaus in Monterrubio de la Serena wucherten Basilikum und Rosmarin im Blumenkasten. Ihr Duft verschmolz mit dem Dunst der Tomatensoße aus der Küche.

Die Nachmittagssonne der Extremadura war heute gnädig, verzog sich hinter einem dünnen, sehr weiten Wolkenschleier und ließ dem leichten Wüstenwind etwas Luft. Sebastians Atem stockte: Opa hatte ihn noch nie Compañero – Genosse – genannt.

Früher kam Sebastian mit seiner Mama aus Duisburg oft nach Spanien, damit sie sich von Papa erholte – und damit sie wieder gesund werde. Opas kastilianischen Geschichten vom berüchtigten Anarchisten Compañero Durruti kannte er auswendig. Aber Mama wurde und wurde nicht gesund. Im Gegenteil.

Opas Gesicht verfinsterte sich. „Es geht um dich, Compañero, darum, wer du bist ..." Sein trauriger Blick verriet seinen inneren Film nicht. Er hielt jetzt die Pfeife vor seinem Gesicht. Die Hand zitterte. „Weißt du, wenn ihr in Deutschland seid, dann läuft hier das Leben weiter. Die Leute gehen ihren Geschäften nach, als wäret ihr nie da gewesen. Ich erstarre auch nicht, wie das eingebrannte Zelluloid eines zu oft gezeigten, gerissenen Film."

„Was willst du mir sagen, Opa?"

„Lange war ich unterwegs – du hast davon nichts mitbekommen. Aber nun ist es soweit. Du musst es erfahren, bevor es zu spät ist!"

„Wovon sprichst du die ganze Zeit? Ist das wieder einer deiner Compañero-Krimis? Glaubst du, ich weiß nicht, dass du sie alle erfunden hast?" Obwohl es durchaus möglich ist, dachte Sebastian, dass der junge Emilio dem Anarchisten begegnet war, in jenem kurzen »Sommer der Anarchie« innerhalb des spanischen Bürgerkriegs in den selbstverwalteten Fabriken und landwirtschaftlichen Kollektiven.

Opas Augen strahlten. Als hätte er gewettet und gewonnen. Er zwinkerte mit dem linken Auge und hob seinen gichtgebogenen Zeigefinger:

„Diesmal geht es um das 7. Gelass!"

„Das 7. Gelass? Was soll das sein?" Sebastian kannte das Wort la trastienda gar nicht.

„Du wirst es noch rechtzeitig erfahren, Sebastian. Morgen brechen wir auf!"

Aber aus dem Aufbruch wurde nichts.

Nachts, gegen halb zwei, wurde Sebastian von hektischem Geschrei geweckt. Schon auf dem Sprung, zog er sich die Hose an und stieß vor der Tür seine Mutter fast um: „Was ist los?“

„Es ist ...“, sie presste die Faust auf ihre zitternden Lippen, „Opa ...“

Sebastians Atem stockte. Heiser, schwer schluckend: „Was ist mit ihm?“ Er stürmte schon zu Opas Schlafzimmer.

„Er liegt in der Küche! Schrecklich!“, schrie Mutter.

Opa Emilio schien zu lächeln. Als hätte er auf Sebastian gewartet, nur auf ihn, vor seinem letzten Aufbruch. Seine grauen Haare zerwühlt und zerquetscht, als wäre er gerade aus dem Bett gestiegen und hätte sich nur kurz auf die kühlen Steine gesetzt, um sich auf den rechten Arm gestützt, auszuruhen. Sein linker Arm hing ungespannt und irgendwie entfernt zum Boden herab. Auf der Wange und an dem weit hängenden Mundwinkel verdickten sich Rinnsale aus Speichel und Tränen.

„Was hast du, Opa?“, schrie Sebastian und kniete nieder, griff nach der schlaffen Hand und fand sie sonderbar weich und schwer.

„Wir haben schon ... Der Notarzt ist unterwegs!“, hörte Sebastian Mutter stammeln. Opas Augen blitzten auf, als hätte er einen guten Witz gehört.

„Seid still!“, fauchte Sebastian, „Er will etwas sagen!“

Opas Lippen vibrierten – gehorchten ihm aber nicht mehr. Angestrengt versuchte er genügend Luft zu holen, um seine Stimmlippen in Schwingung zu versetzen.

„Er stirbt! Mein Gott! Er stirbt!“. Mutter deutete das Gemurmel als Röcheln.

„Sei doch endlich still, verdammt!“, brüllte Sebastian und strafte seine Mutter mit einem giftigen Blick.

Er bückte sich ganz nah zu Opas Mund und fixierte seine Aufmerksamkeit auf die leisen Wellen, die noch entweichen konnten: „Er singt ...“, flüsterte Sebastian, „wirklich!“.

Der sanfte Luftzug hatte gereicht, um Opas Widerstand gegen die allmählich allumfassende Schwere zu brechen. Er sank langsam zum karierten Fliesenboden, wie ein gefallener König – würdevoll aber matt.

Jetzt erst bemerkte Sebastian das zerknüllte Papier in Opas rechter Faust – ein vergilbtes, pergamentartiges Produkt aus früheren Zeiten. Er riss den Zettel aus Opas Hand und steckte ihn hastig in seine Hosentasche. Er sollte die nächste Zeit seine ganze Aufmerksamkeit und Kraft in Anspruch nehmen. Und seine Selbstbeherrschung. Die Überschrift lautete: Das 7. Gelass.

Das Martinshorn des Rettungswagens heulte höher. Für einen Moment übertönte es alles. Dann wurde es still.

Bald stampften die Schritte des Notarztes auf Treppen makabren Fandango – immer lauter.

Mutter rannte zum Eingang, riss die Tür auf und zeigte stumm in Richtung der Küche. Nur keine Zeit verlieren.

Der Notarzt befahl Sebastian und seiner Mutter, die Küche zu verlassen. Sebastian rannte auf die Straße und stützte sich auf die Motorhaube seines Sportwagens. Ließ seinen Tränen freien Lauf. Mutter blickte versteinert durch die offene Haustür und hoffte, bald würde jemand lächelnd herauskommen.

Aber der Notarzt schüttelte den Kopf, als er zum Abschied Mutter die Hand reichte. Sebastian erkannte Opas Gesicht hinter der Maske und den Schläuchen nicht; die Sanitäter schoben ihn ohne Hast in den Rettungswagen.

Das Blaulicht warf unheilvolle Strahlen stumm auf die Straße, während der Compañero davonfuhr – leise, um die Nachbarn nicht ohne Not zu beunruhigen.

Drei Tage später wurde Opa auf dem schattenfreien Friedhof von Monterrubio de la Serena begraben. In der gleißenden Sonne blieb niemand länger als es Anstand und Sitte gebieten.

Sebastian war nicht bereit und nicht in der Lage, auf Mutters Einwände einzugehen: „Ich fahre nach Segovia, Punkt! Es ist Opas letzter Wille!"

Das war so nicht ganz wahr. Opa hatte zwar in der Nacht seines Todes einen Brief verfasst, aber zweifellos kein Testament. Der Brief endete so:

„Im 7. Gelass findest du Antworten auf die Fragen, die du mir schon als kleines Kind gestellt hast. Es zerriss mir immer das Herz, dir nicht antworten zu können. Aber es ist deine Entscheidung: Den Gewinn der Wahrheit wirst du mit einem hohen Verlust in Zukunft bezahlen. Was wiegt schwerer? Ich weiß es! Aber wirst du es auch wissen? Du kannst es nur herausfinden, wenn du nach Segovia aufbrichst." (...)

„PS: Sag's bitte deiner Mutter nicht und verbrenne den Brief, nachdem du ihn gelesen hast. Ich weiß, du wirst das Richtige tun, und ich werde dort, wohin ich bald gehen werde, sehr stolz auf dich sein.

Dank der PS unter der Haube seines Sportwagens benötigte er für die über vierhundertfünfzig Kilometer nach Segovia weniger als vier Stunden. Zwar hatte er, wie von Opa gewünscht, den Brief verbrannt, aber alles was darinstand, hatte sich Wort für Wort eingeprägt. Der Inhalt lag ihm schwer im Magen.

Opa, der listige Compañero! Er wusste, niemals würde ich mit dieser Last leben wollen, leben können; dafür kannte er mich zu gut, dachte Sebastian.

Im 7. Gelass findest du Antworten ... Warum ist Mama immer traurig und weint so viel? Warum bin ich immer alles Schuld? Warum schlägt mich Papa? Wieso ist Papa immer so gemein? Wieso kommt er nie mit uns nach Spanien? Warum trinkt er so viel? Warum ist Mama krank?

Opa hatte eine Kirche bei Segovia als Ziel angegeben.

Sebastian hatte es natürlich gegoogelt:

„Die Kirche La Vera Cruz liegt nördlich des Alcázar der spanischen Stadt Segovia. Sie hat einen zwölfeckigen Grundriss, wurde möglicherweise vom Orden der Tempelritter gegründet. Wahrscheinlicher aber vom Orden vom Heiligen Grab, in dessen Besitz die Kirche 1229 war. Die Kirche soll errichtet worden sein, um eine Reliquie vom wahren Kreuz zu beherbergen."

Das Navi führte treffsicher zum Kalksteinbau der Kirche:

Links abbiegen –

Das Ziel befindet sich auf der rechten Seite.

Die Kirche zeigte vier der zwölf verwitterten Kalksteinmauern – links, an der Straße und ganz rechts, neben dem rechteckigen Glockenturm, je ein schweres Holztor mit Rundbogen. Auf dem Parkplatz neben dem Tor parkte nur ein weißer, verstaubter Caddy, als hätte er die letzten Sandstürme unentwegt dort verbracht. Ein Hinweisschild – die Spitze zeigte nach links: Convento del Carmelitas Descalzas – Kloster der unbeschuhten(barfüßigen?) Karmeliter – was ist das für ein Schwachsinn? Seinen Blick auf den Eingang neben dem Glockenturm gerichtet, hat er die moderne Videokamera des Klosterüberwachungssystems nicht bemerkt.

Aus einem unerfindlichen Grund parkte er seinen BMW ziemlich eng neben den Caddy, stieg aus, streckte sich, gähnte einmal: Auf zum 7. Gelass!

Zunächst versuchte er das südliche Portal neben dem Glockenturm; als es auch nach kräftigem Drücken nicht nachgab, ging er zum westlichen Eingang, unmittelbar an der schmalen Bergstraße. Er war nicht wirklich überrascht, sogar beinahe erleichtert, dass auch das zweite Tor geschlossen war. Vielleicht gibt es einen Hintereingang.

Gemächlich, wie ein Tourist, begab er sich auf den Rundgang. Okay, keine Hintertürchen.

Vor dem Turm blieb er ratlos stehen. Opa hatte ihm für den Fall, dass die Kirche geschlossen war, keinen Hinweis hinterlassen. Im Brief stand nur: Gehe in die Kirche! Verlegen näherte er sich dem ersten Tor, um noch einen letzten Versuch zu wagen. Zu seiner Überraschung gab das Tor nach.

„Komm herein, Sebastian!“, hallte es plötzlich im angenehm kühlen Schiff der Kirche – eine bekannte Stimme. Trotzdem erstarrte er zunächst.

Die Stimme verteilte sich im Rund des Haupthauses polyphonisch: „Ich habe dich schon erwartet!“

Jetzt konnte er die Richtung peilen: irgendwo rechts vom Eingang, hinten, nah am Altar. An der Wand waren mehrere Beichtstühle nebeneinander angeordnet. Er ging langsam los, zählte ab und blieb vor dem siebten stehen.

„Am Tage vor seinem Tode kündigte mir Emilio an, dass du kommen wirst. Er kannte dich besser, als jeder auf der Welt.“

Sebastian öffnete die Tür. Auf der Bank neben dem Stuhl bemerkte er sofort eine einfache Holzkiste, kaum größer als ein Schuhkarton.

„Einen weiten Weg bist du gegangen, für die wahrscheinlich seltsamste Beichte deines Lebens.“

Sebastian wusste nicht, wie eine Beichte vonstattengeht.

Wozu auch? Er war sich keiner Schuld oder Sünde bewusst.

„Du musst nichts sagen, Sebastian, Gott sieht deine Absichten genauer, als du sie jemals ausdrücken könntest. Hör nur einfach zu.“

Sebastian räusperte sich.

„Und zum Abschied nimm die kleine Holzkiste mit: das ist der Wille deines Großvaters – Gott hab ihn selig.“

Die Stunden vergingen, und Sebastian erkannte allmählich den Sinn seiner Reise. Doch die Antworten, die sich nach und nach offenbarten, führten zu neuen Fragen.

Die Stimme antwortete ruhig, immer im gleichen, warmen Ton. Sebastian hatte geweint und zwischendurch auch das Gefühl gehabt, aufspringen zu müssen, um abzuhauen – einfach nur weg von hier. Weg von überall.

Die Winde auf den Anhöhen Segovias trieben munter durch die Öffnungen des Turms, brachten die Glocke kaum hörbar zum Schwingen. Manche von ihnen – die Fallwinde – stürzten in die riesige, angrenzende Kiesgrube. Oder war dort das Becken eines längst verstorbenen Sees? Sie wirbelten viel Staub auf – zahllose Staubteufel, die, mit leichtem Unrat versetzt, zur Kathedrale in der Altstadt zu fegen schienen.

Er war schon Richtung Monterrubio unterwegs, als er plötzlich eine Vollbremsung machte. Zum Glück hatte er die kleine Holzkiste mit der Hand festgehalten, sonst wäre sie womöglich gegen die Frontscheibe geflogen.

Die Holzkiste ließ ihm keine Ruhe. Er hatte beschlossen, im erstbesten Hotel eine Unterkunft zu finden, und sich sofort dem Inhalt zu widmen.

Das Hotel Alcazar lag kaum einhundert Meter unterhalb der Kirche La Vera Cruz. Es sind Briefe, hatte die Stimme gesagt, alte Briefe, die bis zu jenem Tag niemand außer mir und deinem Opa gelesen hat. Und ein Foto ...

Dass die Übernachtung einhundertfünfzig Euro kosten würde, hatte er nicht registriert. Inklusive eines reichhaltigen Frühstücks, ab sieben Uhr ... Er reichte seine Kreditkarte, nahm die Keycard entgegen und eilte auf sein Zimmer.

Dort angekommen, warf er sich aufs Bett entstaubte und öffnete die Holzkiste.

Das kleine Foto lag oben, auf den mit einem Gummiband gebundenen Briefen. Er nahm es in die Hand und betrachtete es lange. Es zeigte zwei Jünglinge mit nacktem Oberkörper, in einem innigen Kuss eng umschlungen. Schwarz-weiß.

Sein Herz trommelte in seinem Ohr, begleitet von heftigem Sausen und einem dumpfen Druck.

Du musst das verstehen, hatte die Stimme gesagt, Emilio und ich – wir waren gleichaltrig, in der Calle Baleares aufgewachsen. Gute Freunde. Sehr gute. Wir hatten uns lieb, das kann man sagen – aber wir waren nicht schwul! Weißt du, wer das Foto geschossen hat – die Stimme schien zu schmunzeln. Es war deine Großmutter Maria, in die wir damals, mit zwölf, beide verliebt waren. Ich denke manchmal heute noch, wäre ich nicht Priester geworden, dann hätte sie vielleicht mich gewählt. Gott sieht meine Seele: wir waren Kinder und es war nur eine alberne, unschuldige Laune!

Sebastian las die Briefe der Reihe nach, dann übersprang er zwei, drei. In ihrer Abfolge stellten sie eine Art Dialog dar. Begann ein Brief mit: Allerliebster José, so antwortete der nächste mit: Allerliebste Carmen – Liebesbriefe.

Wir durften uns nicht sehen, es wäre zu gefährlich geworden, damals unter Franco. Compañero Durruti hatte Emilio auf die Idee gebracht. Eine einfache verschlüsselte Kommunikation; sicher, aber auch lustig, sagte die Stimme.

Als Juan Carlos den Thron bestieg, wollte Emilio die Briefe verbrennen. Ich widersetzte mich: Wir leben in unsicheren Zeiten. Vielleicht können die Briefe irgendwann – falls nötig – beweisen, dass wir keine Faschisten waren, dass wir im Widerstand gekämpft haben. Gott ist mein Zeuge, wie oft ich diese Entscheidung bereut habe.

Es war eine Pause entstanden. Sebastian hätte schwören können, dass er den Pastor schluchzen hörte.

Er nahm sich noch einmal das Foto vor, drehte es zum Licht, um vielleicht irgendeine Spiegelung erkennen zu können. Wie gerne hätte er jetzt auch die Fotografin gesehen! Sie soll ein bildhübsches, feuriges Mädchen gewesen sein. Sebastian hatte seine Großmutter nie zu Gesicht bekommen. Seine erste Reise mit Mutter nach Monterrubio de la Serena führte ihn zu Omas Beerdigung.

Sebastian legte sich auf den Rücken, schloss die Augen und verdeckte die Stirn mit seinem Unterarm. Die Stimme: Dein Vater war gerade fünfzehn geworden. Er hatte, neugierig und frühreif, wie er war, in Emilios Sachen herumgestöbert ... Vor seinem geistigen Auge wiederholte sich eine Sequenz in einer Endlosschleife, und Sebastian konnte sie nicht unterbrechen: Das Foto ... Sie umarmen sich ... Der Kuss ... – und von vorne: Der lange, innige Kuss ...

Dann die Stimme in der Kirche: Als er mit der Kiste in der Küche vor Emilio stand, zitterte dein Vater am ganzen Körper. Sein Gesicht aschfahl, tränenverschmiert.

Dein Großvater hatte gerade angesetzt, alles aufzuklären, da knallte dein Vater die Kiste auf den Boden, schlug Emilio mit der Faust ins Gesicht und schrie immer wieder: Du schwule Sau! Ihr gottverdammten, elenden Arschficker! Spuckte ihm vor die Füße und flüchtete aus dem elterlichen Haus für immer. Sie waren sich nie wieder begegnet.

Kurz vor der Frühstückszeit schlief Sebastian endlich ein. Als er gegen ein Uhr wach wurde, schaute er sich für einen Moment desorientiert um. Dann hörte er wieder die Stimme im Beichtstuhl: Dein Vater hat sich davon nie mehr erholt. Er ist daran zerbrochen. Emilio hat viele Versuche gestartet, um an ihn heran zu kommen – ohne Erfolg. Da hätte er schon die entschlossene Kraft deiner Großmutter gebraucht.

Die Stimme stockte ...

Deine Großmutter, Maria, hat uns für den Leichtsinn gehasst. Mit mir hat sie bis zu ihrem Tode kein Wort mehr gewechselt. Sie gab uns die Schuld. Wir wussten nie genau, wo sich dein Vater aufhält, wie es ihm geht, auch wenn wir über Verwandtschaft und Bekannte manchmal Hinweise bekamen. Er sei in Südafrika gewesen, arbeitete im Bergbau, erzählte einmal ein Cousin von Maria.

„Das ist wahr! Er war in Südafrika, davon hat er mir oft erzählt", sagte Sebastian aufgewühlt, „und er hat viele Jahre auch in der Fremdenlegion gedient!"

Die Bilder, die besten Bilder seiner Kindheit überfluteten sein Herz im Kirchenschiff.

„Manchmal, wenn ich müde und verzweifelt aus der Schule kam, brachte er mich zum Lachen, indem er sich ein Badetuch um den Bauch wickelte, einen Kochtopf auf den Kopf setzte, „habt acht!" brüllte, salutierte und zu singen begann:

Nun, das ist die Blutwurscht, das ist die Blutwurscht,
das ist die Blutwurscht,
für die Elsässer, die Schweizer und die Lothringer,
für die Belgier gibt es keine, für die Belgier gibt es keine, sie
sind Drückeberger.

Sebastians Brust verschaffte sich etwas Luft; seine
Stimme hallte durch das Kirchenschiff bis zum Altar und
zurück: Für die Belgier gibt es keine, für die Belgier …

Die Stimme im Beichtstuhl lachte. Eine einsame Kerze flackerte kurzatmig, bis ein schwerer Wachstropfen den kalten Rand durchbrach und doch noch den Weg in den Sand fand.

Es entstand eine längere Pause: Sebastian war mit seinem guten Vater gerade unterwegs ins Wedau Stadion zu einem Heimspiel der „Zebras".

Er hat sich versündigt, Sebastian – das Blut vieler Menschen klebt an seinen Händen, sagte die heisere Stimme unsichtbar –, das verletzt die Seele. Er wurde zum grausamen Monster, mit einem hilflosen, verzweifelten Kind im Kern.

Dein Großvater war in die Hoffnung geflüchtet, dass die Zeit bald alle Wunden heilen würde. Aber als deine Mutter eines Nachts mit einem Koffer und mit dir auf dem Arm vor der Tür stand, ihm die Narben zeigte, die ihr dein Vater zugefügt hatte, da wusste er, sein Sohn, sein geliebter Sohn war verloren. Emilio hat nie aufgehört ihn zu lieben, das kann ich dir versichern. Was er auch anstellte, Emilio schaffte es nicht, sich gegen ihn zu stellen. War es nur Liebe?

Waren es auch Feigheit oder Angst? Oder einfach Schuldgefühle?

Er wollte es auch deiner Mutter sagen ... Aber er hat es nie fertiggebracht.

Sebastian unterschrieb die Rechnung für zwei Übernachtungen, stieg in seinen Wagen.

In der Nacht – selten aber nicht außergewöhnlich für diese Jahreszeit – hatte ein kräftiges Gewitter mit starken, schauerartigen Regenfällen die Straßen überflutet.

Im Autoradio hörte er vom katastrophalen Hochwasser auf Mallorca. Von den Überschwemmungen. Der Staub wurde durch die sich aufheizenden Reifen zu einem glitschigen, schmierigen Brei verrührt.

Mit Segovia im Rücken, hörte er nur noch die Stimme beim Abschied aus der Kirche: Maria ... Die Stimme stockte ... deine Großmutter starb ein Jahr, nachdem dein Vater für immer aus unserem Leben verschwand.

Er ist verdorben, hatte Emilio gesagt, seine Seele ist krank und böse! Er wird sie alle vernichten, seine Frau, Sebastian und schlussendlich auch sich selbst. Sebastian muss das unbedingt verhindern! Wäre ich dazu in der Lage, würde ich es eigenhändig tun!

Ich war entsetzt: „Emilio, das kannst du Sebastian nicht aufbürden!

Du kannst von ihm keine Entscheidung abverlangen, die nur Gott und dem Teufel zusteht! Jeder muss sein eigenes Kreuz tragen!". Ich werde das Bild nie mehr los – das verzweifelte Gesicht deines Großvaters, seine zitternde Stimme: „Sebastian muss meinen Sohn töten!"

Sebastian bog auf die Autobahnauffahrt ein. Jetzt wusste er: die Medizin für Mamas Krankheit war nicht in Segovia und auch nicht in Monterrubio de la Serena zu finden. Er hatte sie bei sich getragen – immer schon, überall.

Die Stimme in der Tür der Kirche Das Wahre Kreuz hallte nach: Du sollst nicht töten!

Seine Antwort auch:

Das werden wir noch sehen, Compañeros ...

An den Vater

ich
trage
deine augen
etwas haar
ig den mund
halten!

er
kenne
mich und an
atme schmerz ***für*** *trockne tränen*
für …… …… ***dich****… …… ..tapfer*
eine um… … ... ***hasse.*** *… .groß stark*
*arme…… ....……****mich!****…………wie ein*
bekämpfe
ich!……....…………………mann!

DIE SCHWEIZ IM GARTEN

Kopflos rannte das Huhn aus der Küche, und Rafael ließ das Messer fallen. Aus dem gekürzten Hals schoss das Blut wie aus einem losgelassenen Gartenschlauch, rhythmisch, heiß wie ein Geysir. Er sah zu, wie das flüssige Organ über den hellblauen Teppichboden des Wohnzimmers verteilt wurde und musste lachen – so viel Blut aus einem so kleinen Körper.

Dann blieb das Tier plötzlich stehen. Als müsste es über die Richtung nachdenken, die es als Nächstes einschlagen sollte. Rafael hielt den gefiederten Kopf in der Hand, hob ihn ein wenig, blickte in die runden, erstarrten Augen und wischte sich den Schweiß von der Stirn: Du musst nicht nachdenken Kleines, du landest im Kochtopf.

Daraufhin fiel das Huhn neben dem gläsernen Couchtisch einfach um. Kein frisches Ei mehr zum Frühstück, dachte Rafael.

Als kleiner Junge hatte er tausendmal Mama beim Schlachten zugesehen. Nie hatte es ein Huhn geschafft, ihr zu entkommen. Mama hatte immer alles fest im Griff.

Sie hatte Miguel, der für Alba Star in Zürich zu tun hatte, gebeten, ihrem Sohn was Frisches aus Huelva mitzunehmen. Ein Huhn.

Jetzt ist es tot, Mama – Rafael kamen die Tränen, so heftig schüttelte es ihn.

Manchmal begegnete Diana dem schüchternen Web-Designer in der Firma. Sie fand Rafael nett. Seine braunen Augen. Sein weiches, sanftes Schwyzerdütsch.

In einer Mittagspause saßen sie in der Cafeteria zufällig am selben Tisch.

Vermisst du die spanische Küche nicht, hatte sie ihn gefragt, und ob er mal was Spanisches kochen würde. So hatte sie sich eingeladen.

Alles sollte spanisch werden: feurig, scharf, mit Huhn, Wein, Flamenco und – wer weiß ...

Am Samstagabend, im fünften Stock vor der Wohnung angekommen, fand sie die Tür einen Spalt geöffnet. Ein seltsames Knistern hallte im Treppenhaus nach: Popcorn auf spanische Art? Diana musste schmunzeln.

Sie trat ein und rief: Hallo, Rafael, ich bin da, bemerkte bald die Flecken auf dem Linoleumboden und dachte, der Kaffee wäre übergekocht. Ein Lämpchen am Ofen leuchtete. Das Knattern kam vom Suppentopf auf der Herdplatte.

Im Wohnzimmer stockte ihr Atem beim Anblick der blutverschmierten Zeichen auf der weißen Tapete: Kreuze und Buchstaben. Die Klänge einer spanischen Gitarre übertönten jetzt das Knacken in der Küche. Dann entdeckte sie den Kadaver des enthaupteten Huhns.

KREBSEN

Man unterstellt mir Boshaftigkeit und Hinterhältigkeit. Unwissende halten mich für ungerecht. Greise für gnädig. Eltern für grausam und Kinder für gemein. Nichts davon ist richtig – und doch alles wahr.

Seit der Zusammenführung aller Intensivstationen der Region ist meine Arbeit stressiger geworden. So erlaube ich mir dann und wann eine Auszeit auf dem „Hügel" – wie man die Krebsklinik nennt. Am Botanischen Garten. Tolle Aussicht, sogar im November. Beste Gegend. Nicht nur vom Preis her. Auch das menschliche Material – sozusagen. Hier erhole ich mich aber nur. Habe nichts zu verrichten – Freizeit.

In der Onkologie wird schon lange nicht mehr gestorben. Das letzte Mal vor zwei Jahren, ein Chirurg. Herzinfarkt.

Der gewöhnliche Krebstod wurde ausgegliedert. Die meisten Patienten gehen austherapiert nach Hause. Oder in ein Hospiz. Sieht besser aus und ist wirtschaftlicher.

Hier denken alle positiv. Ich beobachte sie in aller Ruhe.

Hier wissen alle von meiner Anwesenheit.

Manche können mich sehen. Einige können mir in die Augen schauen und die einfache Wahrheit ertragen, die ich ihnen eröffne: Es geht nur darum, welches Datum in der Todesanzeige stehen wird.

Es ist wie eine Terminvereinbarung: Nächste Woche? In fünf Jahren? In dreißig Jahren? Hier versteht jeder die Bedeutung, das Gewicht der Entscheidung. Keine Spielchen mehr. Dies ist kein Ort für leichtfertige Zusagen, leere Versprechen. Wer hier liegt, überlegt sich genau, was er will.

Wie Nicks Frau, die nach ihrem zweiten Rezidiv gleich aus dem Morphium-Schlummern aufwachen wird. Sie war auch vor fünf Jahren, bevor der Tumor entdeckt wurde, ein zierliches aber starkes Persönchen. Sie wird mich sehen und erkennen. Ich freue mich schon auf das Gespräch.

Krebs ist keine Krankheit. Im Gegenteil. Nicks Frau versucht verzweifelt, wenigstens in Teilen erhalten zu bleiben: ein Überlebenskampf auf Zellebene. Wenn das Ganze schon verloren geht. Wenn die Organe ersticken. Um seine Haut zu retten, vereinfacht sich der Körper energiesparend. Eine clevere Strategie. Ich muss es mir jedes Mal ansehen und bin bereit, meinen Job zu tun.

Bei Nicks Frau sind es die Zellen ihres linken Eierstocks. Halt! –, sie öffnet langsam die Augen. Benommen und geschwächt, braucht sie einige Minuten, bis sie begreift, was los ist. So viel Zeit muss sein – sie soll bei Sinnen sein, wenn wir die ernsten Dinge besprechen, die sie schon lange nicht mehr auf dem Schirm hat, obwohl sie von ihnen erwürgt wird.

Menschen verwechseln Verdrängen mit Vergessen. Wenn man vergisst, spart man Energie – die Sache kommt unter Verschluss. Es kostet was, sie wieder hervor zu holen; also lässt man es sein. Feng-Shui für die Seele. Gesund.

Verdrängen ist wie Angst und Schmerz in Schubladen verstecken, die getarnt gedrückt werden müssen, damit der ganze Dreck nicht herausströmt. Damit ein normaler Alltag möglich wird.

Viel Einsatz, um die Lügen, die nötigen Trugbilder aufrecht zu halten.

Es kostet Kraft, die unsichtbare Hand zu lösen, die über Jahre und Jahrzehnte die Schubladen des Unbewussten geschlossen hält. Krank. Wehe, die Hand ermüdet.

Mit Nicks Frau wird es nicht einfach werden. Zu viele Schubladen. Wir werden weit zurückgehen und tiefbohren müssen, denn bei ihr beginnt das Krebsleben schon bevor sie entbunden wird, im Alkohol- und Nikotinrausch ihrer Mutter. Beim dilettantischen Versuch, den unerwünschten, gehassten Wurm in ihrem Bauch abzutreiben.

Ich beuge mich über sie: „Plötzlich sind sie alle richtig lieb – nicht wahr?“, flüstere ich ihr ins Ohr.

Panisch reibt sie sich die Augen. So reagieren sie manchmal, wenn sie mich sehen. Aber es ist ein gutes Zeichen: ein Lebenszeichen.

„Das ist keine Liebe! Er hat nur Schiss! Es dämmert ihm langsam: wenn du weg bist, dann muss er die Verantwortung für die Kinder tragen. Kann sich nicht mehr einfach aufs Motorrad schwingen und mit den Kumpels ins weiberfreie Lager verpissen. Saufen. Zocken. Ficken. An Wochenenden. Manchmal auch sonst.“ Ich muss auf den Punkt kommen – Diplomatie liegt mir nicht. Ihre Empörung färbt ihren vergilbten Teint – durch die Lebermetastasen verursacht. Die Härte der Worte - sie kämpft gegen ihre Wahrheit. Kämpft!

Nick, die Kinder, die sie so liebevoll belagern, wollen ihre Wünsche jetzt aus kleinsten Regungen lesen: möchtest du ein Eis, Mama, oder soll ich dir ein Buch, eine Zeitung bringen? Entscheide! Jetzt! Mutter hat Kohlrouladen geschickt. Sie sind ihr besonders gut gelungen, mit viel Liebe zubereitet. Extra für dich. Weil du sie so gerne hast. Möchtest du jetzt essen? Oder lieber später? Sind sie warm genug? Ich kann sie in der Küche aufwärmen lassen – soll ich? Oder möchtest du doch lieber später essen? Jetzt vielleicht einen Joghurt?

Oder lieber nur Obst? Ich habe auch frische Datteln mitgebracht. Vom Türken. Sollen sehr gesund sein. Möchtest du? Oder doch lieber was Richtiges? Entscheide!

Jetzt, da ihre Energie kaum noch zum Atmen reicht, und sie befürchten muss, dass es jetzt so weit sein könnte. Dass es vielleicht diesmal nicht mehr gut ausgehen wird. Jetzt erstickt sie in Aufmerksamkeit und Zuwendung.

Es ist keine Zärtlichkeit, keine liebevolle Berührung. Panisches Grapschen, aggressives Schnappen – Festhalten, damit sie bleibt. Egoistisches Zerren und Zupfen. Klammern, damit sie bleibt, solange sie gebraucht wird. Für Liebe und Sex schon lange nicht mehr. Für das Management und Betrieb im Haus und Garten.

Eine sehr nette, harmonische Familie, würde jeder sagen, der sie kennt.

„Halt' dir die Kinder vom Leib – das ist keine Liebe!

Es ist nur schlechtes Gewissen: hätten wir der Mama vielleicht doch im Haushalt helfen, ihr vielleicht manchen Kummer ersparen sollen, vielleicht Mal die U-Bahn genommen, statt Jahre lang, manchmal drei Mal am Tag, die Taxi-Fahrerin Mama bemüht – auch um drei Uhr nachts; mal Oma sagen sollen, dass sie Mama in Ruhe lassen und nicht dauernd kontrollieren solle; dass Mama, keine Versagerin sei, die nichts zustande bringt; dass sie nicht von Omas Geld, in Omas Haus lebte, sondern eine liebe Mama sei. Dass Mama sehr wohl kochen könnte, wenn sie nur dürfte."

Sie versucht mich anzuschreien, zu widersprechen – schafft es aber nicht. Zu schwach. Aber es liegt nicht am Kraftmangel. Ich erkenne es am Glanz ihrer Augen:

„Wie heißt du?", sie schaut mich dabei milde an und kratzt sich wund. Wenn jeder Quadratzentimeter Haut juckt, ist das die Hölle. Es sind die Gifte – innerlich und äußerlich.

Eine bildhübsche Krankenschwester kommt herein, um die Infusion zu prüfen. Adrett, seitdem das Klinikum eine GmbH ist, lächelt sie freundlich:

„Nicht weinen“, sagt sie warm und berührt sanft die Schulter der Patientin „das wird schon!“ –, sie spürt, dass ich da bin, verdrängt es aber.

Nicks Frau nickt, wischt sich die Tränen, und schüttelt den Kopf, als die Schwester beim Hinausgehen fragt, ob sie noch einen Wunsch hätte.

„In L.A. nennt man mich Joe Black“, antworte ich, „Der Schwarze Sepp, und du hast den Schwarzen Peter ...“, ich lache über mein Wortspiel.

Ihre Tränen zeigen: sie lässt die Wahrheit zu, vor der sie sich immer verkrochen hatte. Geflüchtet in geschäftiges Machen-und-Tun und Lächeln dazu und in Pilcher-Filme, in Volksmusik und in Schönfärberei. Und leugnen, lügen und heucheln, bis es nicht mehr nötig war, weil es von selbst geschah. Eine zweite Natur wurde – und eine Krankheit.

Eine Bedingung für ein Krebsleben. Nicht der Grund.

Das Abheben in Traumwünsche, für deren unerreichbar gleichen Abstand, sie, die Umstände und ihre Lieben gesorgt haben – unbewusst, aber tatkräftig – bis sie irgendwann zum Traum-vom-Traum mutierten, um später noch wie Floskeln geplappert zu werden, und heute nur noch die verblasste Erinnerung von etwas zu sein, was einmal ein Wunschtraum, vielleicht sogar Wirklichkeit hätte sein können. Es war komfortabel – bösartig bequem. Was es aber genau war ...

„Ihr seid alle krank, führt ein asymmetrisches Leben: Sie sind Räuber! Nehmen ohne zurückzugeben! Natürlich aus freien Stücken. Aus FREIEN! Das ich nicht lache! Das ist die größte Verarschung. Böses Kind! Du hast den schlimmsten Verrat begangen: dein Selbst verraten!“

Wuchtige, krampfartige Erschütterungen werfen ihren ausgemergelten Körper im Bett hin- und her. Nicks Frau wiegt fast nichts mehr. Ich jedenfalls bin für alle Fälle bei ihr und bereit.

„Du bist der Tod! Hier bin ich! Halte dein Versprechen und hole mich! Erlöse mich! Aber quäl' mich nicht!“, brüllt sie.

Ich muss innerlich lachen. Bei Krebs muss auch der Tod paradox denken: der Patient meint oft das Gegenteil von dem, was er sagt.

„Ich quäle dich nicht. Die Erkenntnis deiner Wahrheit quält dich. Das Fühlen der Wahrheit. Wenn es gut geht, dann wirst du sogar wütend sein. Glaub' es mir: Ich kann dich nicht täuschen – der Tod lügt nie.“

Sie hat schon lange nicht mehr aus vollem Herzen geweint: ihr Kinn verkrampft sich. Die Kraft der stärksten Muskeln, die ein Mensch besitzt, packt gnadenlos zu. Ihre Zunge blockiert. Sie würgt – übergeben kann sie sich aber nicht. Es ist süß, wie ihre dünnen Ärmchen in die Luft schlagen, wie ein Boxer ohne Gegner, bekämpft sie ihr eigenes Schattendasein.

Ich habe sie richtig eingeschätzt: sie kämpft. Aber sie wird Zeit brauchen, bis sie sich davon erholt.

Bis sie ihre Wahrheit ertragen kann.

„Hallo!“, begrüßt mich Nicks Frau, jetzt, sechs Monate später, bei ihrer letzten Chemo: „Komm herein! Ich erkenne dich wieder!“ Sie lächelt.

„Oh ja, die Therapie greift ...“, ich beobachte einige kleine Veränderungen an ihr.

„Bin dir wieder einmal von der Schippe gesprungen!“, strahlt sie.

Es ist nicht nur so dahingesagt. Ich merke es natürlich sofort. Wer, wenn nicht ich.

„Warst du oft beim Pferd?", ich sauge ihre Antwort auf: Sie nickt.

„Du hattest Recht. Mit allem, was du über Nick und den Kindern gesagt hattest. Ich habe es verstanden. Ich denke wieder positiv. Ich werde leben!!

„Werde leben – wenn ich das schon höre! Du hast nichts begriffen! Du lebst jetzt, und wirst sterben!"

„Doch! Ich werde alles verändern."

„Langweile mich nicht mit diesem Positiv-Denken-Gequatsche! Die Friedhöfe sind voll von Positiv-Denkern – ich habe sie alle dahin bringen müssen. Und Nick …"

„Oh, das ist jetzt alles anders. Wir haben viel miteinander gesprochen und sind uns dabei sehr nahegekommen. So gut war unser Verhältnis noch nie. Offen. Vertrauensvoll. Klar – es wird nicht mehr die große Liebe sein. Aber wir werden echte Partner. Keine Lügen, kein Heucheln mehr."

„Und die Kinder? Haben sie sich auch geändert?"

„Sie brauchen noch ihre Mutter – das ist doch normal. Ich werde es ihnen schonend beibringen, wenn sie so weit sind. Wichtig ist sowieso, dass ich es kapiert habe. Dass ich mein Leben ändern muss! Ändern werde!"

„Du täuschst dich – es ist immer noch deine alte Masche. Du glaubst verstanden zu haben, du denkst, du wirst es schon richten, du wirst …! Du, du und wieder du! Eigentlich warst du immer schon ein Kontrollfreak!

„Ich lasse mich von dir nicht entmutigen – nicht jetzt! Du kriegst mich nicht! Nicht bevor meine Zeit, meine mir von Gott gegebene Zeit gekommen ist!"

„Ich muss lachen!", ich muss wirklich lachen, wenn meine Kandidaten mit Gott kommen: „Lass bitte Gott aus dem Spiel! Das hier ist eine Sache zwischen uns – zwischen dir und mir."

Sie weint. Nicht mehr so gequält. Das ist gut.

„Die Blätter müssen im Herbst vom Baum fallen, damit sie in einem neuen Frühling wieder knospen können. Der Stamm muss – von seiner Last befreit – sich erholen können. Die Wurzeln müssen genesen. Nick, die Kinder – sie sind nur Blätter einer Kriechpflanze auf deinem darbenden Stamm. Parasiten. Und die Wurzeln ... Erkenne es: Du gehörst immer noch mir!“

„Das verstehe ich nicht. Seit wann bemüht der Tod Bilder, die kein Mensch versteht?“

„Nick und die Kinder – sind nicht der Grund!“

„Was bitte schön ist der Grund? Raus mit der Sprache!“

Sie gefällt mir. Ihre Kraft, ihre Energie fließt noch. Es liegt an ihrem Pferd! Wenn es um Angst geht, sind Pferde Experten – ihre Rettung? Wenn sie wieder reiten wird …

„Du kennst den Grund – genauer gesagt: du spürst den Grund. Es ist wie mit der Luft, die du atmest: unbewusst immer da. Erst wenn sie knapp wird, wirst du ihr gewahr. Nur: deine Luft ist vergiftet. Sie heißt MUTTER.

Deine MUTTER, die seit drei Jahren kein Wort mehr spricht, weil du – ihre böse Doktor-Tochter –, die sie von ihrer Depression nicht heilen will, bestraft werden muss.

GroßMUTTERs böser Blick, ihre Stimme: Da darfst du nicht anfassen! Böser Finger! Der Teufel wird dich holen!

Deine SchwiegerMUTTER, die im Laufe der Jahre deine allgegenwärtige ÜberMUTTER geworden ist.

Wenn dich jemand besucht, schaust du unwillkürlich durch die Decke des Wohnzimmers, als müsstest du dich vergewissern, dass sie in ihrem Reich nicht gestört wird. Redest leise und bittest den Besuch, ebenfalls leise zu sein, Rücksicht auf die alte Frau zu nehmen. Sie könnte schlafen. Etwas Wichtiges erledigen. Kochen. Vielleicht schreiben.

Aber die schlimmste, die gemeinste, die brutalste MUTTER, das bist du! Ein Tyrann. Wenn dich jemand lobt, dann denkst du: Wenn ihr wüsstet, wie schwach, gemein ich bin! Eine böse Mutter. Nicks Frau: Nichts.

Eigentlich wolltest du keine Kinder haben. Du hattest doch so viel vor. So viele Begabungen. So viele Möglichkeiten. Energie im Überfluss. Und dann scheitert deine erste Ehe. Es ist meine Schuld, sagtest du, denn bei deiner Überlegenheit und deinem Potenzial konnte es nur einen Schuldigen geben: dich.

Dein Selbstvertrauen und Selbstbewusstsein hatten aber Schaden genommen.

Ein Baustein deiner Katastrophe wurde die Krise allerdings erst durch deine Mutter. Durch ihre Enttäuschung. Sie wollte immer Enkelkinder – von ihrem lieben Schwiegersohn, den sie regelrecht angehimmelt hatte. In den Jahren eurer Ehe hatte sie ihn hundertmal öfter in den Arm genommen, als dich in deinem ganzen Leben. Sie hat dich nie gewollt – das weißt du! Sie sah in dir den Grund für das Misslingen ihres eigenen Lebens. Das hat sie dir zwar nie gesagt, dich aber jeden Tag, jede Minute spüren lassen und dir nie verziehen."

Das saß. Sie zieht die Decke über den Kopf.

Ich glaube, sie schämt sich. Das ist gut. In ein paar Stunden komme ich wieder. So lange überlasse ich sie ihren Tränen. Damit sie ihr und sich selbst verzeihen kann.

Dass ich dabei mein Tagesgeschäft nicht vernachlässigte, ist doch klar. Auf die Krebsstation komme ich ja nur, um mich zu erholen. Und um mir über den Sinn meines Seins immer aufs Neue bewusst zu werden.

Wenn ich am Abend vor ihrer Entlassung das Zimmer betrete, sitzt Nicks Frau nackt auf dem Boden neben ihrem Bett. Sie weint nicht – lächelt, denn sie erkennt mich sofort. Winkt mich zu sich.

„Man hatte damals festgestellt, dass ich keine Kinder haben kann, es sei denn … Eine Hormontherapie, um meine zweite Ehe zu retten. Den Gedanken, wieder zu scheitern und alleine zu sein, konnte ich nicht ertragen. Ich konnte doch meine Mutter nicht wieder enttäuschen. Wie sollte sie sonst eine Chance bekommen, mich endlich lieb zu haben? Mein Mann wollte auch unbedingt Kinder. Er hätte das Recht gehabt, mich zu verlassen. Ich war unfruchtbar, unfähig eine normale Ehefrau zu sein. Ich hätte alles getan, um nicht alleine zu bleiben!

Tod, du kennst keine Angst! Du kannst nicht fühlen, was ich all die Jahre durchgemacht habe. Du hast es leicht. Du bist leicht.

Wieso habe ich dich nie gesucht? Als ich die Zwillinge bekam – das war Glück pur. Mein Sieg: Ich kann, wenn ich will! Es gibt immer einen Weg."

Sie redet leise, farblos – wie Novemberwolken, die, um nicht aufgelöst zu werden, das Wasser für sich behalten.

Was ich sehe, gefällt mir gar nicht.

Es sieht nach Arbeit aus. „Ein Pyrrhussieg, Liebste! Auf dem falschen Gleis bloß nicht beschleunigen! Der Crash kommt schneller und der Knall ist lauter."

„Das stimmt! Dann wollte ich die beste aller Mütter werden. Und auch noch alle Menschen retten. Mal eben eine Heilpraktikerausbildung absolviert, obwohl ich schon Ärztin war. Durfte aber nie praktizieren – mein Mann und meine Schwiegermutter hatten es mir untersagt. Sie hätten es nicht ertragen, wenn ich gearbeitet hätte. Das Gerede der Leute würde mich umbringen: Deine Schwiegertochter ist eine Rabenmutter, sie lässt ihre Kinder im Stich! Habt ihr es wirklich nötig? So weit ist es schon mit euch gekommen?

Wie viel Geld wir haben, wie viel mein guter Mann in seiner leitenden Position verdient – das interessierte niemanden, nicht einmal mich.

Arbeiten – das war ein Ding der Unmöglichkeit.

Ich hatte mein Haushaltsgeld, mein Taschengeld – und wenn ich mehr brauchte, musste ich nur darum bitten. Ich habe noch nie eigenes Geld gehabt – mein wirklich eigenes."

Auf dem Stuhl neben ihrem Bett liegt ein angebissener Apfel. Sie greift danach, kratzt mit dem Fingernagel die braunen Flecken ab und beißt kräftig in die Frucht. Ein gutes Zeichen: Lebenszeichen.

„Es gibt noch mehr Gründe. Aber sie liegen viel tiefer. Um sie zu erkunden, musst du von hier weg!", betone ich.

„Es ist deine einzige, deine letzte Chance – keine Garantie: Du musst das Gleis wechseln. Frage jetzt nicht, welches das Richtige ist. Jedes ist besser.

Warte nicht auf eine Weiche. Warte nicht auf ein Zeichen. Spring in ein ganz anderes Leben! Jetzt! Sollte es schief gehen, sei gewiss: ich werde da sein."

Sie lächelt: „Ich schaffe das nicht. Mir fehlt die Kraft. "

„Das war gut", lache ich, denn bei Krebsmenschen muss man paradox denken: sie sagen oft das Gegenteil von dem, was sie meinen.

„Um die Sache zu vereinfachen – darum bin ich hier. Um dir das zu sagen: Es gibt nur dich und mich. Es sieht folgendermaßen aus: Gehe ich vor dir, dann nehme ich dich mit, und wir verbringen deine letzten Stunden zusammen mit deinen Lieben und deinem Nierenversagen."

Mühsam, sich an dem Stuhl festhaltend steht Nicks Frau auf. Ihr Kreislauf lässt sie fast im Stich. Wankend schleppt sie sich zum Fenster und öffnet es – atmet die kühle Luft, die aus dem benachbarten Botanischen Garten mit Sauerstoff angereichert herüber weht.

„Kehrst du mir den Rücken zu und verlässt dieses Zimmer vor mir, weg von den Kindern und von Muttern, von Nick – wenn es sein muss, nackt und auf allen Vieren – dann folge ich dir geduldig auf dem langen Weg in die freie Zeit. Immer mit gebührendem Abstand zum Leben.

so

werde

ein wort --

gefallen als rand

bemerkung der

gameten

NGAYA II

Die Auerochsenkuh lag auf dem Hügel unter der alten Eiche und atmete ruhig. Sie wollte nicht mehr fliehen. Die Kraft reichte jetzt nicht mehr. Ihre Hinterbeine, ausgestreckt und vornehm übereinandergeschlagen, nahmen sie an ihrem Leben nicht länger teil. Ihre Ohren vibrierten zwar autonom und ungerichtet, konnten aber mit dem Gesang des Tals nichts mehr anfangen. Ngaya kniete nieder.

Ngaya – ich nenne ihn Ngaya, weil er keinen Namen hatte. Weil zu dieser Zeit Namen noch nicht gegeben waren, wusste er nicht, was er war. Aber die Sippe wusste, wer er war: Er war der, der das Recht hatte. Und als Erster die Wahl und als Letzter die Tat.

Wenn er nach einigen Tagen der Jagd vor allen die Grotte betrat, jubelten sie vor Freude. Die jungen Mädchen, die in ihren Träumen Ngaya verwöhnt und liebkost hatten, liefen ihm, der sie alle kennen durfte, entgegen, um sich ihm hinzugeben und ihm das Lachen auf das müde Gesicht zu zaubern. Sie zerrten ihn in die dunkelste Ecke der Grotte, in die Gemächer der Lust und der Erneuerung.

Einer aus seiner Gefolgschaft, der schon so weit war, sich mit Ngaya messen zu können, aber noch nie den Mut der Tat in den Adern verspürt hatte, wartete auf seine Gelegenheit.

Jetzt beugte sich Ngaya tief über den bulligen Kopf des Tieres, ergriff die langen, geschwungenen Hörner und atmete den warmen, feuchten Hauch ein, der aus dem allmählich versiegenden Vorrat durch das schlaffe, albgeöffnete Maul entwich. Sie atmeten gleichzeitig. Die Augen der Auerochsenkuh nahmen aus der Welt nur noch das Wesentliche mit: Ngayas Gesicht – einen Ausdruck, der weder Triumph noch Trauer, sondern nur große Dankbarkeit ausstrahlte. Es war ein Stück gute Welt, was das Tier mit sich nahm. Es hatte sich erfüllt.

Ngaya erkannte das Ende. Er hob seinen Blick zum Tiefblau des Firmaments: Es war Zeit. Auf den Wellen seines großen Schreis sollte nun die Seele des Tieres die Freiheit wiedererlangen und abheben. Der helle Widerhall der Kalksteinfelsen würde ihr auf dem nicht mehr endenden Weg ein treuer Begleiter sein. Aber der Schrei blieb ihm im Hals stecken. Der heftige Stoß unter seinem Schulterblatt und der herzzerreißende Stich in der Brust ließen ihn verstummen und erstarren. Hastig griff er nach hinten und ertastete den Speer, der aus seinem Rücken ragte. Einige seiner jungen Gefährten schauten entsetzt auf ihn herab. Andere flüchteten mit lautem Geschrei. Einer aber blieb stehen. Er füllte seine breite Brust. In all seinen Fasern vibrierend, brüllte er mit erhobenem Haupt und geballter Faust – er, der bald Ngaya werden sollte. Ngaya verlor seinen kräftigen Körper aus dem Blick, fand kein Gleichgewicht mehr und fiel über den breiten, wuscheligen Hals der toten Auerochsenkuh. Kräftige Böen seiner Seele trieben hinter dem Geist seiner Beute her.

Ein hungriges Wildschwein beobachtete, wie in der sich langsam heranschleichenden Abenddämmerung die letzten Strahlen Ngaya den Weg erleuchteten.

BRUDER,

ich gebe dir mein wort.

nein, nicht das, voll ehren – das ist längst verpfändet; auch nicht das letzte – ein paar behalte ich noch, lege sie aus, drehe sie mir im munde um, verbinde sie mal so, malso.

aber wie ich sie auch wende, ergeben sie nur den sinn, der mich hergebracht:

WEITER? MACHEN? WIE? SO?

ich fand es hier, von bösen kräften mir geraubt, und von giftigen zwergen für dich hinterlegt, hier in einem zimmer bescheidenen maßes, nicht zum verweilen gedacht – nur für den aufbruch bereit.

ich bin nicht müde, sonst würde ich es fühlen, aber was zu riechen, tasten und schmecken war, ist längst verdaut.

es ist das einzige, das mir nicht schon im mund nach scheiße schmeckt.

hab kein mitleid mit mir bruder, denn ich habe es auch nicht, weiß nicht mal mehr, wie leid geht.

wer – wie ich – sich wähnte, erhobenen hauptes zu wandeln, doch in wahrheit nur gebückt und geduckt auf deinem buckel mit den hufen blut scharrte, der die großen worte aus dem soll spendete, ohne selbst eins gut zu haben, der bekommt irgendwann die quittung

weißt du noch, was ich alles vorhatte?

doch meine vorsätze taugen nicht mal mehr als nachruf, kodiertes kauderwelsch, lästig beladen und lüstern versetzt.

wäre ich ein sandwurm, der wüste draußen zugewandt, maden im speck würden mit mir tauschen.

wäre ich ein bücherwurm, dann könnte ich in meine alten schläuche reinen wein füllen.

als bandwurm habe ich die große weite welt von innen gesehen – drauf geschissen!

als von der hitparade verdrängter ohrwurm, von dem nur noch das refrain geträllert wird: „liebe brüder und schwestern, genossinnen und genossen, heute ist ein großer tag ...“ – in der gosse.

gassenhauer.

nun, ich gebe es dir also, obwohl es mich lange leben ließe, aber zu lange, um es nicht zu verraten. so werde ich es dir überlassen, zu treuen herzen.

es ist spät geworden, bruder, das wasser bettet mir die wanne.

hab dich wohl und sorg dich nicht, in mir barschelt es nur ein wenig,

hab dich lieb

SCHAFOTT

Seit dem 18. Jahrhundert als Hundsklipp oder Gesteins bekannt, war die enge Düsselklamm mit neun Höhlen und zwei Wasserfällen ein landschaftliches Kleinod, das in der ersten Hälfte des 19. Jahrhunderts von Künstlern der Malerschule besucht und in zahlreichen Gemälden festgehalten wurde. Einer von ihnen, Der Gänselins, verbrachte viel Zeit malend am Bach.

Beseelt vom Anblick der unschuldigen Enten und Gänse und von der heilen Welt des Tals ergriffen, reinigte Der Gänselins gerade die Farbpalette, als ein Wanderer an ihn herantrat.

Der Unbekannte schaute Dem Gänselins eine Weile zu und bat ihn plötzlich, ihm zu erlauben, sich im Malen zu versuchen.

Nach einigem Zögern stimmte Der Gänselins zu und ermunterte den sonderbaren Fremden, der sich als Perückenmacher aus Leipzig ausgab, die Enten zu malen.

„Der Herr Kunstmaler möge mir dabei nicht zuschauen. Sein Schatten würde meine Augen trüben und sein Atem meine Seele betören. Auch ich zeige mein Werk, die Perücke, erst nachdem der letzte Griff getan."

Der Gänselins entfernte sich und unternahm im kühlen Schatten der Buchen und Erlen des Tals einen ausgedehnten Spaziergang.

Inbrünstig begann der Unbekannte sein Werk.

Der Perückenmacher zog seine Schuhe aus und watete barfuss im Bach, fast so, als nehme er auf etwas im Wasser Rücksicht. Dann malte er weiter.

Als Der Gänselins zurückkam, eilte ihm der Perückenmacher sichtlich erregt entgegen, packte seinen Arm und zog und zerrte ihn zur Leinwand.

„Wie findet der Herr Maler mein Werk?" Er schaute mit glänzenden Augen den bedrängten Künstler bohrend an.

Der Gänselins hatte sich vorgenommen, das Tun des Fremden nicht allzu hart zu bewerten. Es war löblich, wenn jemand, mit den unzulänglichen Werkzeugen der menschlichen Gestaltung in der Hand, die göttliche Perfektion, die beängstigende Leichtigkeit und Flüchtigkeit der vollendeten Form einzufangen wagte, die in ewiger Harmonie, mit dem Hoffnung und Sinn spendenden, immerwährenden Werden verflochten, in der Gestalt einer Gans erstrahlte. Beim Anblick des Werkes erschauderte er.

Das Leinentuch war durch einen dicken, dunklen Strich in ein oberes Drittel und den unteren Teil getrennt.

Oben schimmerte der Himmel in einem noch nie da gewesenen Blau. Mal sog und zog es den Betrachter in unendliche Fernen, mal strömte es ihm wärmstes Licht strahlend entgegen.

Die unteren zwei Drittel ruhten sauerstoffarm und fäulnisgrün. Der Gänselins wusste, niemand könnte totes Wasser besser malen. In der Tiefe des verdorbenen Baches, wie an unsichtbaren Fäden suspendiert, trieben tote Enten und Gänse, verschränkt und teilweise verstümmelt.

Der Perückenmacher redete nun unentwegt.

„Sie haben sehr gelitten, glauben Sie es mir! Die Flut kam völlig unerwartet. Sozusagen aus heiterem Himmel." Er zeigte aufgeregt auf den blauen Streifen auf der Leinwand. „Die armen Tiere hatten keine Zeit sich zu retten. Riesengeschrei und Flügelflattern! Zwecklos! Dem Hunger des Wassergeistes entkommt niemand!" Dabei zeichnete er mit dem Zeigefinger auf der grünen Fläche einen unsichtbaren Strudel und beobachtete schräg die Reaktion des Künstlers. Der Gänselins war sprachlos.

Was soll man sagen, dachte er, wenn das, was man sein Leben lang sucht, und ahnt, wahrscheinlich nie zu finden, einem unvermittelt und in voller Größe und Kraft entgegentritt. Alle Irrtümer und Vorurteile werden auf einen Schlag entlarvt und vernichtet. Mühelos und zweifelsfrei wird die grausame Wahrheit offenbar: Es ist ein Meisterwerk!

Als die erste Verblüffung durch die Gewissheit zersetzt wurde, es nie greifen, nie erreichen zu können, spürte er das erhebende Gefühl: Als blickte er auf einen fernen, von Raum und Zeit losgelösten, jenseitigen Ufer, getrennt von dem, was ihm, Dem Gänselins, anstrebbar und zugänglich war.

Er würde sich nie wieder mit den gleichen Sinnen und Ansinnen einem Bach, einer Gans zuwenden können: Ich gehöre nun zu den Auserwählten und zugleich Verdammten, die der wahren Kunst begegnet sind – dem Genius!

„Wie haben Sie das gesehen?"

Der Fremde starrte ihn an.

„Sehen sie es nicht?", staunte er.

„Nein", bekannte Der Gänselins, „ich sehe ein friedlich tänzelndes Bächlein und niedlich schwimmende Entlein."

„Das ist richtig“, nickte der Fremde, „das sieht jeder! Das ist jetzt. Ich dachte, der Künstler malt, was nur er sehen kann – das, was war, oder das, was hinter oder in dem ist, was jeder sehen kann. Und ich habe das gemalt, was kommen wird!“, protzte er mit breiter Brust.

Der Fremde zog dann weiter und hinterließ ein Vakuum, das, um Den Gänselins nicht zu vernichten, irgendwie gefüllt werden musste.

Was für ein göttlicher Irrtum, dachte er. Gott ist ein Narr, wenn er die kostbarste Gabe, die einem Menschen ermöglicht, einen Blick in die Magie der Schöpfung zu werfen, und, gewissermaßen als Beleg dafür, ihm erlaubt, unvergängliche Kunstwerke hervor zu bringen, an einen Perückenmacher verschwendet.

Die ersehnte Erleichterung des Gemüts konnte er aber mit dem Lamento nicht erfahren. Doch die quälende Leere füllte sich allmählich mit den gewöhnlichen Partikeln einer Seele in Not.

Er warf einen letzten Blick auf das Bild des Fremden. Er konnte es niemandem zeigen: Keine Galerie der Welt würde es ausstellen. Dann zerschnitt er es behutsam, als wäre er bemüht, bei der heiklen Operation so wenig Schmerzen wie möglich zu verursachen. Doch, obwohl in kleinste Schnipsel zerlegt, blieb die diabolische Kraft und finstere Magie des Tuches unversehrt. Er beschloss, alles zu verbrennen. Es für sich zu behalten, hätte bedeutet, nie wieder einen Pinsel in die Hand nehmen zu können.

Viele Jahre nach der Begegnung erfuhr Der Gänselins aus einem Brief eines Freundes vom späteren Schicksal des Perückenmachers:

„Das Schaffot war mitten auf dem Markt gebaut. 54 Cürassiere von Borna hielten Ordnung um das Schaffot; das Halsgericht wurde auf dem Rathause gehalten. Kurz vor halb 11 Uhr war der Stab gebrochen, dann kam gleich der Delinquent aus dem Rathause, Goldhorn und Hänsel gingen zur Seite und die Rathsdiener in Harnisch, Sturmhaube und Piken voran, rechts und links; die Geistlichen blieben unten am Schaffot; der Delinquent ging mit viel Ruhe allein auf das Schaffot, kniete nieder und betete laut mit viel Umstand, band sich das Halstuch selbst ab, setzte sich auf den Stuhl und rückte ihn zurecht, und schnell mit großer Geschicklichkeit hieb ihm der Scharfrichter den Kopf ab, so dass er noch auf dem breiten Schwerdte saß, bis der Scharfrichter das Schwerdt wendete und er herabfiel.

Das Blut strömte nicht hoch empor; sogleich öffnete sich eine Fallthür, wo der Körper, der noch ohne eine Bewegung gemacht zu haben auf dem Stuhl saß, hinabgestürzt wurde; sogleich war er unten in einen Sarg gelegt und mit Wache auf die Anatomie getragen.

Alsbald wurde auch schnell das Schaffot abgebrochen, und als dies geschehen war, ritten die Cürassiere fort. Die Gewölbe, die vorher alle geschlossen waren, wurden geöffnet und alles ging an seine Arbeit.

Dass vormittags keine Schule war, versteht sich.“

Es war eine gerechte Strafe, dachte Der Gänselins, denn der Perückenmacher hatte seine Geliebte getötet. Er wollte sich für geisteskrank erklären, aber in zwei Gutachten, erstellt von einem verdienstvollen Hofrat und Professor der Anatomie und Chirurgie, der ihn in je fünf Gesprächen untersucht hatte, wurde ihm Zurechnungsfähigkeit attestiert. Er sei zwar „tiefsinnig“, Stimmen hätten ihm zugerufen „spring ins Wasser“, was zu einem Suizidversuch führte. Es konnte auch festgestellt werden, dass er unter Herzjagen litt und von dem Gefühl gequält und geängstigt wurde, sein Herz würde „mit einer Nadel berührt“.

Seinen Behauptungen, er würde „gezupft“ und „es“ gehe „neben ihm“, oder er habe streitende Stimmen gehört und leide unter dem Zwang, laut redend allerhand bei sich auszufechten, oder dass er unterirdisches Glockenläuten und Stimmen höre, die ihm zurufen „o, komm doch!“, und eine „Stimme“, die ihn auffordere, „stich die Frau tot!“ –, diesen Behauptungen kann kein Glauben geschenkt werden. Im Gutachten hieß es weiter: Die „drei feurige Gesichter“ am Himmel, „Geister“ und „die Freimaurer“, die ihn verfolgten, seien zweifellos frei erfunden.

Der Gänselins wandte sich endgültig vom Bach ab und malte fortan romantische Szenen für den guten Geschmack.

HAS'N EURO

In den letzten Monaten war ich häufig bei Kunden im Norden. Die kürzeste Verbindung war, am Hautbahnhof umzusteigen.

Wenn der Zug keine Verspätung hatte, wartete ich fünfzehn Minuten – genug Zeit für einen Happen am Wurststand.

Meistens verging keine Minute, und sie war da, als wäre sie von der wirbelnden Menschenmenge ausgespuckt worden: barfuss hüpfte sie hin und her. Ihre Stimme: kein Gesang – bloß Rap.

Wie heute:

jemand wurde in der stadt aufgelöst,

wer könnte schon sagen, wer,

wer könnte sagen, wo –

die stadt war zu groß, um jemanden zu finden,

in der stadt, in der hoffnung,

in den straßen könnte man herausfinden,

wer jemand war,

weil man mit den heutigen möglichkeiten

nicht einfach sagen wollte, schaut,

jemand wurde in der stadt spurlos aufgelöst,

wie die schlange homöopathisch zerkleinert,

potenziell gemischt und verdünnt verschüttelt wird,

bis sie nicht mehr nachweisbar ist,

obwohl sie wirkt,

und man glauben kann

und sagen muss, dass es die schlange ist,

aber man entgegnete,

wenn jemand in der stadt aufgelöst wurde,

dann war es sicher nicht die schlange,

auch wenn man versucht hat zu behaupten,

dass niemand in der stadt aufgelöst wurde,

und damit auch eine weile gut gefahren war,

denn wenn niemand in der stadt aufgelöst wurde,

dann muss man ja niemanden in der stadt suchen,

und man konnte seinen geschäften nachgehen,

allerdings nur,

bis jemand –

ein verrückter oder ein leichtsinniger,

oder ein kind –

gemutmaßt hat,

dass es doch die schlange war,

die in der stadt aufgelöst wurde,

und unauffindbar wurde, und,

obwohl es gut gemeint war,

denn es sollte bei den wenigen,

die immer noch fürchteten,

dass möglicherweise doch

jemand in der stadt aufgelöst wurde,

für ein wenig ruhe sorgen und gutes tun,

gutes teilen, damit es sich vermehre,

nicht gut ankam,

denn nun vermutete man,

etwas muss doch in der stadt aufgelöst worden sein,

denn sonst hätte man die gewissheit nicht mehr,

dass die stadt da sei,

worauf einige die schnauze voll hatten und sagten,

dass eine mögliche lösung darin liegen könnte,

einfach zu vergessen,

dass jemand in der stadt aufgelöst wurde,

sie konnten aber den einwand nicht ignorieren,

dass niemand wusste, wie man vergessen könnte,

und wenn es jemals jemanden gab, der wusste, wie,

dann war immer noch unklar, wer er war, wo er war –

nicht, dass er in der stadt aufgelöst wurde,

auch wenn manche, darauf bestanden,

dass es nicht darum gehen kann,

wer recht hat,

sondern nur darum,

ob jemand oder niemand in der stadt aufgelöst wurde,

doch jemand schien unbedingt jetzt wissen zu wollen,

wer behauptet hatte,

dass jemand in der stadt aufgelöst wurde,

und alle waren sehr überrascht,

dass sich niemand erinnern konnte,

von wem die behauptung stammte,

man hat es irgendwie vergessen,

wodurch sofort klar wurde,

dass es keine rolle mehr spielte,

ob jemand in der stadt aufgelöst wurde oder nicht,

denn siehe: man wäre doch in der lage zu vergessen,

wie man vergessen hatte,

wer behauptet hatte,

dass jemand in der stadt aufgelöst wurde,

und die ruhe der stadt kehrte ein,

und die stadt fror ein –

– has'n Euro?

Es wurde unser Spiel.

Ich gebe kein Geld ohne Gegenleistung. Anfangs musste sie tanzen. Später singen. Neuerdings will ich ihre rap-style Geschichten.

Sie sind scheiße, sagt sie: ich erfinde sie gerade. Sie hat keine Zeit, die Geschichten aufzuschreiben. Sie kann auch nicht singen. Und auch nicht tanzen. Wahrscheinlich auch nicht schreiben. Sie leugnet, dass sie ein Junky ist – das sagt schon alles!

Sie sagt, sie sei siebzehn. Ich denke, sie ist höchstens dreizehn, aber ihre Haut könnte auch dreißig sein.

Sie leugnet, dass sie eine Säuferin ist – was sagt uns das?

Außerdem – das erste Mal hieß es, sie sei dreiundzwanzig. Du lügst, entgegnete ich damals, und sie zog die Schultern sehr eng hoch. Doch, doch, steif und fest: ich arbeite – has'n Euro?

Was arbeitest du, wollte ich wissen, weil ich noch zehn Minuten hatte.

Sie spuckte mir auf den Schuh – ich werde dir hier nicht meine ganze Lebensgeschichte ausbreiten, fauchte sie, drehte sich von mir weg, um wieder vom Bahnhofgewimmel verschlungen zu werden.

Später hatte ich ihr verboten, mir die elenden Familiengeschichten aufzutischen. Es kotzte mich an, wenn sie Vater und Mutter in den Mund nahm – alles gelogen.

Sie wurde nicht zum Leben gefickt. Sie wurde gemixt, sagte sie, keine Frucht einer Befruchtung. Ein Früchtchen, verfaultes Fallobst, ein Remix.

Der Zug verspätete sich.

Ich wollte, dass sie weitererzählte, bot ihr drei Euro an.

Sie wollte vier.

Es begann zu regnen.

jemandem wurde ins herz gerammt,

aber wer hätte es merken sollen,

solche dinge geschehen unsichtbar

und scheu und verschämt,

aber es stieg jemandem zu kopf

und quoll salzig durch die augen,

sodass jemand sich aus der stadt löste,

als niemand merken wollte,

dass jemandem ins herz gerammt wurde,

und wollte jemandem etwas schenken,

was alle einmal aufmerksamkeit nannten,

aber niemand in der stadt weiß genau,

was damit gemeint war,

und deswegen haben sie es vergessen,

weil es gefährlich ist,

von unbekannten nettigkeiten anzunehmen,

und alle versuchten ihre haut zu retten,

als jemand da auf dem boden lag und fragte,

wie es möglich war, jemanden ins herz zu treffen,

wo niemand eine verabredung haben wollte,

sondern nur ein treffen, zufällig,

aber keine begegnung,

denn niemand möchte jemandem begegnen,

und wenn jemand jemandem begegnen möchte,

dann würde ihm jemand sicher in die fresse hauen,

und abhauen, ohne zu schauen, ob der treffer sitzt,

und jemand widmete sich wieder seinem herz,

wollte, dass es durch die titte und das t-shirt blutet,

weil jemand dann zu mama laufen könnte,

und ihr das herz ausschütten könnte

und schreien könnte:

du hast dich geirrt mama,

niemand ist ein herzloses, kleines biest,

guck, hier ist der beweis,

es schmeckt salzig und nicht süß,

wie alle jemanden immer haben wollten,

aber das blut war im herzen geronnen

und konnte sich nicht zeigen,

so dass niemand erfuhr,

dass jemandem etwas
ins herz gerammt wurde,
etwas brennendes,
und die stadt im flammenmeer nun
jemanden suchen muss,
der sich im Feuer aufgelöst hat,
kein schall, kein rauch –

– gib mir die dreifünfzig!

Ich weiß, wie es weiter geht – es ist immer das Gleiche:
Ich reiche ihr die Münze.
Sie bedankt sich artig.
Ich sage, bis zum nächsten Mal.
Sie sagt, ja, bis zum nächsten Mal.
Sie dreht sich um, überquert langsam die Straße.
Ich tue so, als würde ich meine Fahrkarte prüfen.
Sie dreht sich, vergewissert sich, dass ich sie nicht verfolge.
Ich tue so, als wäre sie nicht da.
Sie rennt los, erreicht den Bürgersteig, verschwindet hinter der Tür.
Ich gehe zum Bahnsteig.
Natürlich weiß ich, was sie mit dem Geld will, hinter der Tür.

Nicht heute im Regen:

Ich gehe nicht zum Bahnsteig, steige nicht um.

Sie verschwindet nicht hinter der Tür.

Erreicht nicht den Bürgersteig.

Rennt nicht los.

Ich tue nicht so, als wäre sie nicht da.

Sie dreht sich nicht, vergewissert sich nicht, dass ich sie nicht verfolge.

Ich tue nicht so, als würde ich meine Fahrkarte prüfen.

Sie dreht sich um und überquert langsam die Straße. Sie lächelt.

Und dann quetscht ihr Gehirn – im nächsten Augenblick – ihre Spuren auf den nassen Asphalt und sprüht gelb und rot und tot; wie schon erwähnt: es hatte zu regnen begonnen.

Der Rest quietscht auf dem heißen Reifen.

Ich beginne zu singen.

Kein Gesang – bloß Rap:

aber in der stadt ist für das blutend brennende

nicht der fahrgast zuständig,

der jemandem dreifünfzig gibt,

und als brandstifter,

sich gegen die feuerwehr stellt,

gegen die ordnung der hüter,

gegen die besitzer der güter,

sie herausfordert, ohne etwas zu sagen,

die feuerwehr an der nase herum führt,

um das herz herum,

das jemandem schwindelig wird,

und die ganze stadt schwindelt,
bis der fahrgast umsteigt,
und die stadt jemanden suchen muss,
der sich aufgelöst hat,
wer könnte schon sagen, wer,
wer könnte sagen, wo –
die stadt ist zu groß,
um jemanden zu finden,
unter den reifen, den heißen,
am steuer des entrasten,
in der hoffnung,
in den straßen könnte man herausfinden,
wer jemand war,
weil man mit den heutigen möglichkeiten
nicht einfach sagen wollte, schaut:
jemand wurde im strom der stadt spurlos aufgelöst,
im regen der straße,
heute ...

VAN EGY EUROD?

HAS'N EURO? – ÜBERSETZT VON: EVA MARIA KASZIAN

Az utóbbi időben gyakran voltam északon, klienseknél. A főállomáson átszállni volt a legrövidebb csatlakozási lehetőség.

Amikor a vonat késett, a 15 perc várakozás éppen elég volt egy falásra a falatozónál.

Többnyire nem telt egy perc se és itt volt ő, mintha a hemzsegő néptömeg köpte volna ki. Mezitláb ugrált ide-oda. A hangja nem dal – csak rap,

mint mai is:

valaki a városban feloldódott

ki mondaná meg ki volt

ki tudná megmondani hol

a város túl nagy volt, valakit megtalálni

a városban abban a reményben

az utcákon rá lehetne jönni,

hogy ki volt valaki,

hiszen a mai lehetőségekkel

nem akarták egyszerűen mondani,

valaki a városban nyomtalanul
feloldódott,

mint egy natűrista gyógyásztól
felapritott kigyó....

adagolva, hígitva –

amig már nem bizonyitható,

habár még hat,

és hinni lehet és

mondani kell, hogy ez a kigyó volt,

de az ellenzék szerint

ha valaki a városban feloldódott

biztosan nem a kigyó volt

még ha megkisérli is valaki azt állitani

hogy a városban senki sem oldódott fel

és ezzel egy ideig jól is jártak
mert ha a városban senki nem oldódott fel
nem kell a városban senkit sem keresni
és a mindennap mehet tovább
mindenesetre csak addig
mig valaki
egy bolond, egy könnyelmű,
vagy egy gyerek
gyanút ébreszt
hogy mégis a kigyó volt
ami a városban feloldódott és eltünt
és bár a jószándék megvolt
a keveseknél,
akik még mindig féltek a ténytől
a lehetöségtől
hogy a városban
valaki mégis feloldódott,
hogy egy kis nyugalom, betérjen, és jót tegyen
jót osszon hogy szaporodjon
ez nem tetszett
mert feltételezhető hogy

valaki a városban fel kellet oldódjon,

különben nem volna, bizonyos

hogy a város egyáltalán létezik

mirefel egyeseknek, elegük volt és azt mondták

legjobb megoldás

elfelejteni az egészet,

hogy a váreosban valaki fel lett oldva

de nem lehetett mellőzni a tiltakozást,

hogy senki nem tudta, hogy lehetett elfelejteni,

és ha volt valaki aki tudta hogyan

még mindig nem volt tiszta, hogy ki volt ő, hol volt ő

és nehogy a városban feloldódott volna,

mégha egyesek azt állitották

hogy nem azon múlik,

kinek van igaza

csak azon, hogy valaki, vagy senki

a városban feloldódott volna de

valaki pont most feltétlenül tudni akarta

ki állitotta,

hogy valaki a városban fel lett oldva

és mindenki nagyon meg volt lepődve,

hogy senki nem emlékezett

kitől származott a megálapitás:

valahogy elfelejtödött,

miáltal azonal tiszta lett –

már nem birt jelentőséggel, hogy a
városban valaki feloldódott, vagy sem

mert ime lásd el lehet felejteni,

ahogy elfelejtették,

ki állitotta,

hogy valaki a városban feloldódott

és a városba betért a nyugalom

és a város befagyott –

– van egy eurod? "... ez lett a mi játékunk

Nem adok ki pénzt ellenszolgáltatás nélkül. Eleinte táncolt, késöbb énekelt. Újabban rap stilusban a történeteit adja elö. Ezek hülyeségek, azt mondja ő, éppen kitalálom. Nincs ideje leirni őket. Énekelni nem tud, és táncolni sem. Tagadja, hogy drogos. Ez elmond mindent. Azt mondja tizenhét éves.

Gondolom legfeljebb tizenhárom.

A bőre után lehetne harminc is. Letagadja, hogy alkoholista – mit mond ez nekünk?

Azonkivül, először azt mondta, hogy huszonhárom éves. Te hazudsz, mondtam akkor és ő a vállait felhúzta, de állitotta erősen: én dolgozom, van fizetésem – van egy eurod?

Mit dolgozol, akartam tudni – még volt tíz percem.

A cipőmre köpött – nem fogom itt feltálalni az egész életemet, sziszegte, elfordulva tőlem, hogy ismét elnyelje a pályaudvar tömege.

Később megtiltottam neki, hogy feltárja nekem a nyomorult családi történetét. Feldühített, amikor apát és anyát a szájába vette – minden hazugság volt!

Nem életre basztak. Összekevertek, mondta … nem megtermékenyités gyümölcse vagyok. Egy rothadó, lehullt gyümölcs, egy remix.

Vonatomnak késése volt. Akartam, hogy tovább meséljen. Ajánltam neki három eurot, ő négyet akart.

Megeredt az eső.

---

valakinek a szívébe döftek

de ki vette volna észre

Ilyen dolgok látatlanul történnek

félénken és szégyenlősen

de valakinek a fejébe szállt

és sósan ömlött ki a szemén,

úgy hogy valaki a városból kivált

amikor senki nem vette észre

hogy valakinek a szívébe döftek

valakinek valamit ajándékozni akart,

---

amit mindeki egyszer szívességnek
nézett és nevezett

de senki a városban nem tudta

miről van szó, ezért felejtették mind el

mert veszélyes dolog

ismeretlenektől szívességeket elfogadni

és mindenki probálta a saját bőrét
menteni

amikor valaki ott a földönfekve érdezte

hogy lehet valakinek a szívébe találni

ahol senkinek nem volt találkája

csak egy véletlen találkozás

de nem találka

mert senki nem szeretne valakivel
találkozni,

mert ha valaki valakivel találkozni
szeretne

valaki biztosan pofon vágná

és eltünne anélkül hogy megnézze a
hatását és

valaki megint a szívével fogalkozik.

Akarta, hogy a csöcsén és bluzán
keresztül vérezzen

mert akkor valaki anyuhoz szaladhatna

és szívét kiönthetné
és ordítani tudná
tévedtél anyu!
senki sem szívtelen kis bestia!
nézd itt van a bizonyiték.
sós íze van, nem édes
mint amilyennek mindenki akarta
de a vér a szívben megalvadt
és nem tudta magát megmutatni
úgy hogy senki sem tudta meg
hogy valakinek a szivébe döftek
valami égetőt
és a város most
a lángtengerben
kell valakit keressen
aki a tűzben feloldódott
hangtalanul füst nélkül

– add ide a három ötvenet!

Tudom, hogy megy tovább mindig. Minden ugyanaz.

Odanyújtom a pénzt.
Megköszöni szépen.
Én mondom: a legközelebbig.
Ő igent mond –legközelebb- és megfordul, lassan átmegy az úttesten.
Teszem magam, hogy ellenőrzöm a jegyemet.
Megfordul, meggyőződik róla, hogy nem követem.
Úgy teszek, mintha nem volna itt.
Átrohan az úttesten, fel a járdára, eltünik egy ajtó mögött.
Megyek a peronra.
Persze tudom mit kezd a pénzzel az ajtó mögött.

De nem ma, az esőben.

Nem megyek a peronra, nem szállok át.
Ő nem tünik el az ajtó mögött.
Nem éri el a járdát.
Nem rohan el.
Én nem teszek úgy mintha nem volna itt.
Nem fordulok meg.
Nem fordul meg.
Nem biztositja magát, hogy nem követem.
Nem teszek úgy, mintha keresném a jegyemet.
Ő megfordul és lassan átmegy az úttesten és mosolyog.

És a következő pillanatban csikorog, az agya sárgát és pirosat spriccel a vizes aszfaltra. És halált.

Ahogy említettem, kezdett esni az eső, forró keréken a maszat csikorog az aszfalton.

Énekelni kezdek.

Nem dallam, csak rap

de a városban a vérzön égőért

nem az utas felelős

aki valakinek háromeuro ötvenet ad

mint gyújtogató

a rendőrség ellen áll

a rend őrei ellen

a javak őrzöi ellen,

anélkül, hogy valamit is szólna

a tűzoltót az orránál vezeti,

a szív körül,

hogy az ember beleszédül és az

egész város csal
mig az utas átszáll

és a város kell keressen valakit,

aki feoldódott.

ki tudná megmondani ki

ki, tudná megmondani hol

a város túl nagy,

valakit megtalálni

a forró kerekek alatt

az elrobogó vezetőnél,

abban a reményben, az utcákon

meg lehetne tudni,

ki volt valaki

nem akarták egyszerűen azt mondani:

nézzétek a város forgatagában valaki
nyomtalanul feloldodott

az utca esőjében

ma.

lauter

schreiber

leise treter

lausige leser

lahme enten

leere

lehre

GÜTERABWÄGUNG

In der Nacht zum 1. Juli hatte es geregnet, wie viele Tage zuvor – ein verregneter Sommer. Der letzte Nahverkehrszug aus Debrecen hielt kurz nach Mitternacht am Bahnhof Budapest-Kelenföld.

Zwei junge Männer stiegen aus, und statt der Treppen der Unterführung zu nutzen, sprangen sie hinter dem letzten Wagen vom Bahnsteig. Trotz ihrer großen Rucksäcke, hüpften sie leichten Fußes über die Gleise und verschwanden allmählich in der Dunkelheit hinter dem Regenvorhang.

Sie sprachen kein Wort. Offensichtlich in großer Eile, drehten sie sich nicht um, schauten nicht zur Seite. Was machen die Verrückten da, hätte vielleicht jemand gefragt, der sie trotz der schlechten Sichtverhältnisse beobachtet hätte, doch, ohne sich einen Reim darauf machen zu können, und um sich nicht eine Erkältung einzufangen, wäre er weiter gegangen und hätte bereits nach wenigen Sekunden die Gestalten vergessen – man hatte ja genug eigene Probleme.

Aber wer sollte schon um diese Zeit, in einer regnerischen Sonntagnacht, am Güterbahnhof Kelenföld sein, dem sie hätten begegnen können?

Es war ein langer Güterzug, entlang dessen sie auf der aufgeschütteten Gleisunterfütterung bis zum letzten Wagen gelaufen waren. Auf dem Güterbahnhof angekommen, griff der stämmigere der beiden in die Tasche seiner Parka, holte eine Taschenlampe heraus und schaltete sie für einen Augenblick ein, nickte zu seinem Begleiter – einem schmächtigen Jungen –, der daraufhin seinen Rucksack auszog, ihn auf den Boden legte und die Reißverschlüsse zu öffnen begann.

„Sándor", flüsterte der Junge und zeigte auf einen sich nähernden Tankzug. Sie legten sich beide blitzschnell auf den Boden. Der Lockführer des Zuges hätte keine Chance gehabt sie zu entdecken. Und selbst wenn …

Sándor legte seinen Rucksack ebenfalls ab und half beim Auspacken. Sie lächelten sich zufrieden an.

Als auch die roten Rückleuchten des Zuges es kaum noch schafften, den dichten Regenvorgang zu durchdringen, machten sie sich ans Werk.

Der Wagen, den sie sich ausgesucht hatten, war mit langen, stattlichen Baumstämmen beladen, zählte aufeinandergestapelt fünf Lagen, bis in eine Höhe von etwa drei Metern.

Der Junge kletterte am Ende des Zuges auf die Balken und befestigte daran eine Stange mit einer Rolle. Sándor tat es ihm an einem Stamm in der untersten Reihe gleich und gab dem Jungen mit dem gestreckten Daumen das OK-Zeichen.

Daraufhin spulte der Junge ein Stahlseil herunter, und Sándor sorgte dafür, dass sich das Seil nicht in der Führung der unteren Rolle verhedderte. Alle Handgriffe saßen, wie einstudiert.

Nachdem er das Seil an einem zuvor angebrachten Hacken befestigt hatte, gab er erneut das Zeichen, und der Junge betätigte eine Kurbel. Krächzend und quietschend rutschte der Stamm langsam aus dem Stapel.

Als er etwa einen halben Meter herausragte, winkte Sándor ab, und der Schmächtige stieg herab, die Stämme als Stufen nutzend.

Die Sirene eines Rettungswagens durchbrach für einige Sekunden das monotone Regenrauschen. Die Etagenlichter der Wohnungen im XI. Bezirk – ein Außenbezirk –, wo überwiegend beschäftigte und beschäftigungslose Arbeiterfamilien wohnten, erloschen allmählich. Entweder, wegen der Montagsfrühschicht, oder mit dem Erscheinen des Testbilds auf dem Fernsehschirm – aus Gewohnheit. Wer um diese Zeit noch wach war, oder gar einen Blick in den Regen wagte, würde eine unruhige Nacht haben – mit leichtem Schlaf und schweren Gedanken.

Sie strahlten und umarmten sich. „Das war's Bruderherz!“, flüsterte Sándor. „Fahr nach Hause! Ich melde mich aus Deutschland – wenn es soweit ist. Mach dir keine Sorgen und tröste Oma.“

Die Tränen des Jungen vermischten sich mit dem Regenwasser auf seinem bleichen, glatten Gesicht.

„Vergiss mich nicht, Sándor! Bitte!“

„Du bist verrückt!“, fauchte Sándor mit einem gestellt-bösen Blick, „Mach du dein Abitur – das ist wichtig! Ein Jahr noch, das schaffst du schon. Bis dann habe ich meine Angelegenheiten geregelt. Ich hol dich raus!“

Der Junge lächelte: „Ich weiß, ich weiß, ich konnte mich immer auf dich verlassen!“ Er verschmierte mit dem Handrücken seine Tränen: „Geh schon! Ich pack' dann alles zusammen ...“

Sándor hob seinen Rucksack und kletterte unter den Wagen, richtete sich auf und begutachtete die Lage.

Der herausgezogene Stamm hatte eine Lücke geöffnet, so dass er nun in den etwa zwei Meter langen Leerraum klettern konnte. Eine Aussparung, die dadurch entstanden war, dass beim Verladen am Ursprungsbahnhof, zwei Stämme gedrittelt, und nur die Enden verladen wurden.

Die Forstarbeiter hatten dafür zwei Stangen Kent Gold und eine Stange Marlboro bekommen. Und das Restholz – zum Heizen.

„Meine Kabine", sagte sich Sándor und schob seinen Rucksack durch. Gefüllt mit Brot, Salz, Paprika, Äpfeln und zwei Kanistern Wasser, wird er ihm die nächste Zeit auch als Kissen dienen.

In der Zwischenzeit hatte sein Bruder die Hebeanlage umgebaut und betätigte nun die Kurbel in die entgegengesetzte Richtung. Sándor genoss den Anblick: die Einstiegsluke verkleinerte sich Zentimeter um Zentimeter, bis die Lücke vollständig geschlossen war. Die Reise in die Freiheit in der Holzklasse! –, dachte er und musste lachen; doch dann verfinsterte sich sein Gesicht für einen Moment.

Jetzt erst wurde ihm bewusst, dass auch diese Medaille noch eine zweite Seite hatte: Sollte etwas dazwischenkommen, würde der Güterzug nicht innerhalb einer Woche entladen werden, dann könnte es eng werden. Höchstens zehn Tage könnte er überleben. Danach – ja, danach wäre seine Kabine …

Das Klopfen seines kleinen Bruders gab ihm zu verstehen, dass er sich nun auf die Heimreise begeben würde, und Sándor alles Gute und viel Glück in der neuen Welt wünschte. Sein Gesicht erhellte sich: So ist das, sagte er sich.

Ein vorbeifahrender Güterzug übertönte den Klang der sich entfernenden Schritte. „Danke, Brüderchen“, sagte Sándor halblaut.

Sonntag, der 7. Juli versprach endlich ein sonniger Sommertag zu werden.

Über dem Güterbahnhof Hegyeshalom an der Grenze zwischen Ungarn und Österreich, gab der Himmel sein tiefstes Blau und schluckte jede noch so kleine Wasseransammlung, lange bevor sie auch nur ansatzweise hätte zu einer Wolke kristallisieren können.

Sechs Tage schon stand ein langer mit Kiefernstämmen beladener Güterzug abseits von den für den Personenverkehr frei gehaltenen Gleisen.

Sándor wachte auf und bereitete sich auf sein Frühstück vor. Sechs Tage – er stellte fest, dass er sich bei seiner Vorratsplanung verschätzt hatte: sparsam, wie er sich bislang ernährt hatte, würden die Proviante noch einmal sechs Tage reichen; das Wasser sogar acht.

Er lächelte zufrieden und ließ sich das mit Sonnenblumenöl getränkte Brot und die gesalzene Paprika schmecken. Um noch mehr Wasser zu sparen, löschte er den Durst mit einem saftigen Apfel aus ihrem Garten.

Er wurde rechtzeitig fertig, bevor die erste Patrouille des Tages an dem Wagen vorbeischritt. Es waren immer zwei mit Maschinengewehren bewaffnete Grenzschützer – junge Burschen, die ihre Pflicht gegenüber Volk und Vaterland erfüllend, ihre Zeit beim Militär abdienten. Zum Schutz vor dem kapitalistischen Imperialismus.

Sándor hatte sich gesorgt, dass sie auf Flüchtlinge abgerichtete Hunde führen würden. Aus diesem Grund hatte er sich vor der Ankunft am ganzen Körper mit Kuhmist eingerieben – ein Geruch, den Hunde meiden. Im Gegensatz zum Dunst von frischen Pferdeäpfeln – manche Hunde verspeisten sie beim Gassi gehen zum Dessert.

Wie er feststellen musste, war seine Vorsicht übertrieben. Nur einmal hatte er einen Hund bellen gehört. Weit weg, aus der Richtung des Personenbahnhofs.

Sonntag: Sándor rechnete heute nicht mit der Abfahrt. Die Strahlen der Mittagssonne drangen durch die Lücken der ausdunstenden Ladung und wärmten ihn wohltuend. Er atmete den frischen Duft ein und freute sich, dass seine Sachen endlich trocknen würden. Der Dauerregen der letzten Tage hatte seinen Rucksack, die Parka und seine Jeans durchtränkt – viel mehr hatte er nicht.

Als sich dann die Nachmittagspatrouille näherte, verlangsamte Sándor seine Atmung. Er hatte sich zwischenzeitlich gesorgt, die feuchte Luft könnte seine Schleimhäute reizen und ihm einen Schnupfen bescheren. Heute wusste er: auf seine starke Konstitution konnte er sich verlassen. Dennoch: Im strahlenden Licht verspürte er ein leichtes Jucken in der Nase. Das Gefühl kannte er: wenn er als Kind niesen musste, blickte er immer in das Licht der Sonne und schon löste sich der Reflex. Eine Fliege setzte sich auf seine Nase. Sándor beobachtete sie geduldig, als wäre er daran gar nicht beteiligt.

Die Schritte der beiden Grenzschützer wurden lauter, sich nähernd. Sie unterhielten sich über Fußball. Das WM-Endspiel – ging Sándor durch den Kopf. Sollte heute Nachmittag in München stattfinden.

Der Grenzer mit der tieferen Stimme, erklärte ausführlich, dass es am Sieg der Niederländer keinen Zweifel geben kann. Sándor hörte die Namen der Stars: Johann Cruyff, Neeskens, Johnny Rep ...

Wenn es soweit ist, werde ich mir ein Spiel dieser Wundermannschaft live anschauen, dachte Sándor.

Der staubige Weg führte zwischen grauen Holundersträuchern und Akazienbäumen parallel zum Gleis bis zu der Stelle, wo die Grenzzone begann. Dort war ein Wachturm in der Höhe der Hochspannungsleitungen errichtet worden, der den vollständigen Überblick über die Gleisanlage und das gepflegte Ackerland sicherte.

Eine Mücke fand Sándors Hals, stach zu und bediente sich an seinem Blut. Sándor kümmerte es nicht. Er hatte gelernt, den Juckreiz zu verdrängen.

Die Grenzschützer blieben plötzlich stehen – kaum vier Meter von ihm entfernt.

Einer der beiden bückte sich und zeichnete mit einem Zweig etwas im Staub. Er hob herumliegende Kieselsteine und legte sie in einer Formation hin.

„Einer fehlt …“, stellte er fest.

Der andere schaute sich um.

„Lass nur!“, sagte sein Partner, „ich hab‘ was ...“, richtete sich auf und kramte in seiner Hosentasche. Er zog ein zerknülltes, benutztes Taschentuch heraus: „Ich nehme für Breitner eine Münze!“

Sein Partner zündete sich eine Zigarette an: „Man sagt, Breitner wäre Raucher ...“, und machte einen kräftigen Zug.

In dem Augenblick fiel eine Münze, die sich zuvor im Taschentuch verfangen hatte, auf den Boden, schlug mit einem hellen Klirren auf Beckenbauers Kieselkopf und rollte weg. Die Soldaten verfolgten den schlingernden Weg der Münze in die Richtung des Gleises und warteten, bis sie flach zum Stillstand gekommen war – nicht weit von der Stelle, wo sich Sándors „Kabine“ befand.

Sándor hörte die Schritte und wusste, der Grenzer kam näher. Er hielt den Atem an. Angst hatte er aber nicht. Er hatte es sich eingeprägt, sich regelrecht einprogrammiert: Man kann mich nicht sehen. Niemand kann mich sehen. Komm nur, dachte er, ich bin unsichtbar!

Als der Grenzer gerade im Begriff war, sich zu bücken, um die Münze aufzuheben, ertönten plötzlich Laufschritte aus der Richtung des Personenbahnhofs. Nicht vom Bahnhof, sondern sich aus der Richtung nähernd.

Die angestaute Luft in seiner Brust drückte immer heftiger gegen seinen verschlossenen Hals. Hoffentlich keine Hunde! Was ist denn passiert?

Mit der Münze in der Hand erhob sich der Grenzschützer.

Die Schritte entfernten sich wieder. Aber diesmal in die Richtung des Grenzbereichs.

Sándor konnte die Luft nicht mehr anhalten und ließ sie so langsam und kontrolliert wie möglich aus seiner Lunge entweichen. Sein Herz raste. Sein Gehirn arbeitete auf Hochtouren, ohne eine Antwort zu finden: Was ist hier los?

„Halt! Stehen bleiben!“, hörte er die Stimme des Soldaten. Einer schrie: „Ist der verrückt? Am helllichten Tag abhauen?“

Der Klang der Soldatenstiefel, wie sie dumpf beschleunigend den Staub aufwirbelten, konnte nur eines bedeuten: die Grenzschützer hatten die Verfolgung des Flüchtlings aufgenommen. Sie entfernten sich ebenfalls in die Richtung der Grenzzone.

Obwohl Sándor wusste, dass es aussichtslos war, versuchte er sich so zu drehen, dass er etwas von dem Geschehen draußen erspähen könnte.

Hoffentlich kriegen die ihn nicht, brüllte es in ihm – er hat mich womöglich gerettet … – ich bin unsichtbar.

„Halt! Stehen bleiben! Oder wir schießen!“, hörte Sándor erneut – und dann blieb die Zeit stehen.

Zum Geschrei und Stampfen der Soldaten gesellte sich ein neuer Klang, der das Blut in seinen Adern gefrieren ließ: Eine Stimme, außer Atem von der Anstrengung des langen Laufs, schallte wie verstärkt – die Stimme. Sándor schloss die Augen, während die Stimme ein Lied sang: „Muss i denn, muss i denn, zum Städtele hinaus ...“

„Brüderchen!“, stieß Sándor aus.

Dann fiel ein Schuss. Und noch einer.

„Oh nein! Das darfst du nicht!“, Sándors Stimme wurde durch das Echo einer Durchsage auf dem Personenbahnhof übertönt.

Es folgten mehrere Salven.
Das Lied verstummte.

Gegen Abend – Deutschland wurde zum zweiten Mal Fußballweltmeister – wachte Sándor aus seiner Starre auf. Der Waggon hatte sich mit einem unerwarteten Ruck ein wenig bewegt, blieb dann aber wieder stehen. Sándor hörte die Hydraulik der Bremsen und das Knurren der Lokomotive.
Er schlug sich mit beiden Händen mehrfach ins Gesicht. Seine Tränen waren längst getrocknet.

Der Güterzug setzte sich schleppend in Bewegung und nahm hinter der Grenze Fahrt auf.
Richtung Westen.

ich

sach ma

nu lach ma --

die lage's ernst

genug

HÄNGEPARTIE

„Unerwarteter Nahschuss, so nannten die das in der Zentralen Hinrichtungsstätte …“, sagt mein Gegenüber.

Ich hasse Konversation. Lese gerade Luhmanns Das Recht der Gesellschaft. Das Deckblatt des Buches scheint ihn angesprochen zu haben. Suhrkamp, Ferrari-Rot. ... eine Norm schreibt vor, was gesollt ist …

„Im Erdgeschoss der Leipziger Arndtstraße 48 wurde eine Hausmeisterwohnung umgebaut.“

Ich reagiere nicht. Will keine Konversation. ... in interdisziplinäre Kontaktsuche getriebene Reflexionstheorie des Rechtssystems mit …

„Der Staatsanwalt hat lediglich mitgeteilt, dass das Gnadengesuch abgelehnt wurde und die Hinrichtung unmittelbar bevorstand.“

Die Ansichten der Leute interessieren mich nicht. Habe genug mit meinen Gedanken zu schaffen. Und den Meinungen meiner Studenten, meiner Frau. Ich möchte nur in Ruhe lesen.

„So war das damals in der DDR."

Normalerweise würde ich jetzt meine Sachen packen und den Platz wechseln. Oder in den Speisewagen gehen – der Kaffee ist zwar ungenießbar, aber fünf Euro soll mir meine Ruhe wert sein. Stattdessen blicke ich in sein Gesicht und sage: „Sie kennen sich mit der Materie gut aus …", vielleicht war er mal ein DDR-Henker – vom Alter her könnte es passen.

„Ach wo! Das kann man im Internet nachlesen."

Auf Familienfesten entkomme ich dem Smalltalk, indem ich den Kindern Geschichten erzähle. Ihre Gesellschaft ist mir auch sonst lieber.

„72 wurde der Kindermörder Erwin Hagedorn hingerichtet …"

Der Schaffner schiebt den schwer beladenen Servierwagen, eckt an Hindernissen an.

Wenn der Zug im letzten Bahnhof vor der Endstation hält, wird mein Gegenüber von einem Jungen erzählt haben, den er mal kannte.

„Er war immer schon ein Außenstehender. Die anderen Jungs in der Vorstadt waren Fußballbegeisterte ..."; er sagt es, als müsste der Junge verteidigt werden, „er musste für eine große Zukunft üben ..."

Er blickt durch das Fenster und schweigt. Als suchte er jene große Zukunft, da draußen.

„Die Züge nach Berlin sind immer überfüllt. Die Klimaanlage ist wohl auch ausgefallen ... Die Bahn könnte da mal was tun", sage ich.

„... Schach spielen. Mit seinem Schachlehrer. Privat. Während Mutter …“

Der Schaffner hält an unserem Tisch den Servierwagen an. Das Fenster spiegelt das Getränkesortiment.

Mein Gegenüber blickt auf. Beunruhigend, der Glanz in seinen Augen.
„Sie wünschen …?“, fragt der Schaffner.

Er nimmt Kaffee im Pappbecher – ohne Milch, mit viel Zucker. Seine Stimme kratzt wie Sandpapier. Klingt gehaucht, wie seine Brust die Luft – fast alles – zurückhält, was drängt und droht zu entweichen.

Während er lächelnd bezahlt, sagt er: „Es war nicht alles schlecht in der DDR.“

gestern

wählerisch

zwischen hopfen

und malz

linke nicht links

freie nicht frei

aus grün werd ich nicht grün

alternative keine alternative

die partei keine partei

sozis nicht sozial

Cs nicht christlich

so blieb mir nostalgisch nur

Marxistisch-Leninistische Partei Deutschlands (MLPD)

heute erfuhr ich ...

sie sind nicht

die.

NGAYA III

Wie von dem Lüftchen verzaubert, das aus Ngayas Elfenbeinflöte entwich, tanzten die Flammen über der Feuerstelle der Grotte. Ihr Leuchten, unbekannten Gesetzen folgend, breitete sich aus, gemütliche Wärme abstrahlend. Je tiefer die Grotte erhellend, je mächtiger die Muster, die seine Schattenkinder auf den Wänden versuchten.

Ein hungriger Wolf schwänzelte vor dem Eingang, als wartete er auf das Ende der Vorstellung. Kein Feuer brennt ewig, das sagten ihm seine Gene – irgendwann wird es dunkel werden und Kairos' günstige Gelegenheit würde kommen. Tiere kennen Chronos nicht. Ngaya öffnete die Augen.

Ngaya – ich nenne ihn Ngaya, weil er keinen Namen hatte. Weil zu dieser Zeit Namen noch nicht gegeben waren, wusste er nicht, was er war. Aber die Sippe wusste, wer er war: Er war der, der das Recht hatte. Und als Erster die Wahl und als Letzter die Tat.

Wenn er nach einigen Tagen der Jagd vor allen die Grotte betrat, jubelten sie vor Freude. Die jungen Mädchen, die in ihren Träumen Ngaya verwöhnt und liebkost hatten, liefen ihm, der sie alle kennen durfte, entgegen, um sich ihm hinzugeben und ihm das Lachen auf das müde Gesicht zu zaubern. Sie zerrten ihn in die dunkelste Ecke der Grotte, in die Gemächer der Lust und der Erneuerung. Einer aus der Sippe verscheuchte die Kinder, die mit funkelnden Fackeln vor dem gierigen Blick des Wolfes tollten.

Jetzt legte Ngaya die Flöte beiseite und trank einen kräftigen Schluck aus dem Steinkrug. Seine Nackenhaare richteten sich auf; tausend Messerstiche bohrten sich in seine Glieder. Er spürte, wie sein Kopf sich immer weiter ausdehnte und ihm den Blick hoch in den Himmel öffnete.

Weit hinter dem undurchdringlichen Schleier der Nacht leuchtete die Regenbogenschlange in allen Farben des Traums und sang das Lied der Entstehung, Wandlung und des Vergehens.

Durch seine ausgeweiteten Pupillen drang das mächtige Schattenspiel von den hintersten Wänden ungehindert auf seine aufgekratzte Netzhaut.

Er tauchte in seinen immer wiederkehrenden Traum ein: schlanke, geschmeidige Gestalten – riesige Fabelwesen auf zwei Beinen, ohne Fell und ohne Schwänze – ritten auf weißen Tarpanen am Firmament wie der Wind, griffen Ngaya auf, ohne dass er etwas dagegen tun konnte, weit hinaus durch die Wolken hindurch, wo der Himmel sein Blau nicht mehr vortäuschen musste.

Durch ihren Mund strömte unablässig ein wunderbares und zugleich beängstigendes Rauschen: der Gesang des Kakadus, mit dem Zischen und Klappern der Schlange, in das Plätschern des Baches getaucht. Die Wunderwesen schienen Ngaya zu ermuntern mitzusingen.

Aber wie sehr Ngaya es auch versuchte, die Töne in seinem Brustkorb und in der zugeschnürten Kehle zu finden – nur ein ersticktes Stöhnen gelang ihm. Die Bemühungen, mit dem launischen Spiel der Wundergestalten mitzuhalten, raubten ihm beinahe den Verstand und alle seine Kräfte.

Als die Fabelgestalten, in einem tiefen Traum abgetaucht, schließlich verschwanden, verlor Ngaya die Welt aus dem Blick und begann zu schnarchen.

Allmählich breitete sich Unruhe in der Grotte aus. Plötzlich rannten alle Kinder kreischend vom Eingang weg. Wimmernd verkrochen sie sich in den hintersten Ecken. Die Älteren suchten hinter den vorstehenden Felsformationen der Höhle Schutz. Die kräftigen Jäger stießen durch ihre vor Angst ausgetrockneten Kehlen furchteinflößende Töne aus. Ngaya drehte sich langsam um. Mühsam versuchte er, die Schärfe seiner Augen auf die Veränderungen am Eingang zu justieren.

Die Älteste der Sippe, die an ihrem angestammten Platz am Feuer geblieben war, kramte hastig in einem Lederbeutel zwischen den getrockneten Blättern, Rinden und Wurzeln, das passende Zaubermittel suchend. Dabei murmelte sie ihre mächtigsten Zaubersprüche, die ihre Wirkung sonst nie verfehlten.

Als Ngaya die hoch aufgeschossene Gestalt des Ungeheuers erblickte, zuckten alle seine Muskeln in einem heftigen Krampf zusammen – mit einem Satz stand er aufrecht. Er war nun hellwach.

Das Wesen betrat langsam die Grotte und tastete sich vorsichtig bis zur Feuerstelle vor.

Ein plötzlicher Luftstoß ließ den glühenden Haufen erstrahlen und Ngaya konnte nun das Ungeheuer in voller Größe und Schärfe erkennen.

Ohne es gewollt zu haben, machte er einen großen Satz zurück. Was er sah, versetzte ihn in tiefste Furcht. Er rieb sich die Augen, aber das Ungeheuer blieb. Nun war sich Ngaya sicher, die Fabelwesen hatten seinen Traum verlassen und waren in seine Grotte eingedrungen.

Als das Ungeheuer den Mund öffnete, hatte Ngaya auch den endgültigen Beweis: Die Töne waren ihm aus dem Traum wohlbekannt.

Das Ungeheuer trat nun näher und stand zwischen der Feuerstelle und Ngaya.

Blitzschnell ergriff Ngaya seinen Speer und schleuderte ihn gegen das Wesen. Kein Wildschwein hätte den Angriff überlebt.

Aber das schlank aufgeschossene Wesen wich dem Fluggerät geschmeidig aus und sprang mit einem Satz Ngaya entgegen. Die spitze Klinge in seiner ausgestreckten Hand traf zielsicher. Ngaya sackte zusammen. Mit letzter Anstrengung öffnete er den Mund, holte tief Luft. Erstaunt hörte er dem Rauschen seiner kehligen Stimme zu: *Mama* …

Wie durch einen unsichtbaren Pfeil getroffen, zuckte das Ungeheuer zusammen. Noch nie hatte ein Tier zu ihm gesprochen. Hastig drehte es sich um und rief seine Gefährten.

Ngayas Gesicht verlor allmählich die Farbe – das Blut sackte ungehindert immer weiter ab. Seine glasigen Augen lächelten zufrieden.

Das Fremde Wesen beugte sich über Ngaya und schüttelte ihn.

Es schien schon zu bedauern, das sprechende Tier getötet zu haben.

POCHEN

Du telefonierst, als wärst du alleine in diesem Zimmer, aber ich lese deine Lippen, weißt du?

Ich lebe.

Wie in einem kleinen Aquarium. So groß, dass ich gerade meine Augen öffnen kann.

Als das mit meinem Hals passierte, war ich zwölf und war verliebt. Er hieß Sebastian und das Schlittschuhlaufen war seine Idee – egal. Anfangs habe ich mich gefragt, ob mir diese Welt reicht. Ein vielleicht zu enges Habitat. Bis ich erkannt habe, dass mir noch etwas erschreckend Großes geblieben ist: etwas Zeit!

Meine Zeit ist in Gottes Hand und in der Hand meiner Mutter. Es ist so! Ich bin nicht blöd! Gott kann ich vertrauen; aber ich habe viele Jahre gezweifelt, ob meine Zeit bei Mama gut aufgehoben ist. Ich geb's zu!

Ich weiß, ich sollte mich schämen, meiner eigenen Mutter nicht vertraut zu haben. Aber, mein Gott! Ich war doch in der Pubertät! Heute würde ich mich gerne dafür entschuldigen.

Vielleicht fragst du dich manchmal, was mir durch den Kopf geht – ob ich mich an etwas erinnern kann, ob ich hoffe, dass es wieder wird, oder ob ich etwas mit meinem Leben vorhabe.

Aber ich und mein Körper – wir leben seit vielen Jahren getrennt. So ist das!

Mir ist sogar egal, ob dieser Schlauch ewig in meiner Mund bleibt. Er versorgt mich mit Sauerstoff – bin davon manchmal wund – und er verhindert, dass du mich küsst. Die Hoffnung stirbt eben nicht zuletzt ...

Warum sprichst du nie mit mir? Ich würde dir deine Wünsche von den Lippen lesen. Du könntest aber auch einfach was erzählen. Etwas von dir, von deinen Eltern oder einfach von den Erdbeerpreisen. Es wäre, als würde sich das Universum ausdehnen, als würden leuchtende Kometen mit ihren langen Schweifen meinen Himmel kreuzen.

Ich bin nicht meine Augen. Sie sind wie die Schlittschuhe, die ich in der Eishalle ausgeliehen hatte, um aufs Eis zu gehen – mir den Hals zu brechen. Ich bin nicht die Fasern, die sie mit mir verbinden, wie Schnürsenkel am Schlittschuh.

Dann war die Zeit stehen geblieben. Meine Uhr wurde auf Stunde null zurückgesetzt. Jetzt kenne ich dich schon eine Weile, sodass ich dich schön finde. Sogar sehr schön. Ich glaube, ich habe mich in dich verliebt.

Das Gefühl ist größer als mein Aquarium. Aber auch verwirrend. Manchmal bin ich so durcheinander, dass ich es aus meinem Aquarium verbannen würde, wenn ich nur könnte. Gott sieht mein schlechtes Gewissen – Scheiße!

Wenn mich meine Scham plagt, wäre es der richtige Zeitpunkt, um mein Augenlicht zu löschen, aber es liegt nicht in meiner Macht.

Wenn die Augen das Licht wieder durchlassen, bist du meistens nicht mehr da. Und das ist gut so.

Wenn man so groß fühlt, dann kann Nähe gefährlich werden. Es ist das Einzige, wovor ich Angst habe: eines Tages brennen meine Sicherungen durch und ich verliere meinen Sinn: Ich werde verrückt!

Ich weiß, in meinem kleinen Aquarium wäre dann die Hölle los. Mit dem Teufel im selben Becken – das wünsche ich meinem schlimmsten Feind nicht!

Ich bin nicht meine Augen – nur manchmal gehören sie zu mir. Dann kann ich sie nach links, nach rechts, nach oben und nach unten bewegen. Und wichtig! Ich kann sie schließen.

Ich bin nicht meine Augen, aber wenn ich sie nicht habe, dann ist der Zeitpunkt gekommen: ich verschwinde.

Ich weiß, dass ich nicht wirklich verschwinde, mich nur aus dem Blick verliere.

Du musst dir das so vorstellen, als würde mein Gehirn im Aquarium schwimmen. Ab und an werden die Augen für eine gewisse Zeit angeschlossen: Welt an!

Ich begegne Mamas Augen täglich. Dann bin ich glücklich. Ich wollte, ich könnte davon den vielen Menschen berichten, die sich im wilden Ozean verheddert haben und nicht mehr im Bilde sind, oder vom unendlichen Licht geblendet oder verblendet sind. Vor lauter Wald sehen sie die Bäume nicht ...

Du magst lachen, aber ich habe wirklich solche Gefühle! Vielleicht ist das eine Art Größenwahn, aber manchmal denke ich, dass ich aus meinem winzigen Aquarium Menschen helfen könnte.

Bin ich verrückt? Vielleicht. Ist ja auch egal.

Die Welt war fünf Menschen in einem Haus. Und natürlich ich, dort mit dem Fleisch an den Schläuchen. Jetzt auch du.

Früher war die Welt mehr. Meine Schwester gehört zu diesem Zeitpunkt nicht dazu.

Siehst du? Jetzt war die Welt kurz verschwunden – bin aber wieder da!

Ich schätze, du bist zwanzig – kann das sein? Ein großer Altersunterschied zwischen uns.

Mir macht es nichts aus – und dir?

Wie heißt du?

Ich nenne dich Roger, weißt du? Hatte nicht lange darüber nachgedacht – Roger flog mir einfach zu, und so nenne ich dich also – okay?

Merkst du eigentlich, dass es für mich aufregend ist, dir zuzusehen? Es ist spannend!

Ich erkläre es dir!

Schwester Martha kommt um sieben Uhr – oh!

Ich hatte die Uhr nicht erwähnt.

Aber sie ist wichtig! Wenn ich bei Sinn bin, und niemand da ist, dann spreche ich mit der Uhr. Sie erzählt mir, was in der Welt los ist. Orte wählen die Geschichte, aber die Zeit macht den Unterschied.

Ich wähle verschiedene Zeitpunkte, und dann frage ich zum Beispiel:

Was macht der Präsident jetzt, Sonntag, vierzehn Uhr dreißig?

Sie antwortet: Vierzehn Uhr dreißig – mal überlegen: er ist auf dem Weg zum Golfplatz auf Camp David. Oder vielleicht schon dort, am Loch drei.

Die Welt der Uhr ist eine Welt aus lauter Möglichkeiten. Unendlich und unsicher. Alles kann sein, aber nichts ist gewiss – ja, ich langweile mich wirklich nie!

Schwester Martha geht um sieben Uhr zehn.

Früher kamst du um zehn und um eins. In der letzten Zeit um neun, um drei und um fünf.

Einmal die Woche kommt Dr. Hellmann um zehn, oder Frau Doktor Sokolkowski um neun, zusammen mit dir. Ist es eigentlich Zufall? Oder hast du was mit ihr? Sie ist viel zu alt für dich. Fett, aufgetakelt – aber schlechter Geschmack. Hast du ihre Schuhe gesehen? Du musst immer auf die Schuhe achten! Ich sehe sie nur selten und flüchtig, aber ich weiß, die Kuh muss farbenblind sein. Außerdem beachtet sie dich gar nicht richtig. Sie schaut auf dich herab – merkst du's eigentlich nicht?

Du sollst nicht lügen! Ich habe dich einige Male erwischt, wie du auf ihre Brüste gestarrt hast. Manchmal, wenn sie sich über das Fleisch beugt, um die Schläuche zu prüfen, versuchst du, ihr ins Dekolleté zu lugen. Schweinchen!

Ich bin dir aber deswegen nicht böse! Es ist für einen jungen Mann normal – denke ich.

Einmal – na ja, da war ich richtig wütend auf dich. Es ist die Sache mit Schwester Irina.

Es war kurz nach fünf. Normalerweise bleibst du bis halb sechs. An dem Tag bist du bis sechs geblieben.

Zunächst war alles in Ordnung, wie immer.

Aber dann hast du das Fleisch ausgepackt.

Ich fand es sehr schön, dein Gesicht so nah an meinem zu haben.

Deine Augen funkelten. Mit der Zunge befeuchtetest du deine Lippen.

Du hattest zunächst die Decke vom Fleisch geschoben. Dann hast du dich mit den Knöpfen des Nachthemds abgemüht – denke ich – sehen konnte ich es nicht. Ich musste innerlich lachen.

Schließlich hatte es geklappt.

Du hattest, was du wolltest. In deinen Augen erkannte ich, dass dir das Fleisch gefällt. Leugne es nicht! Ich war froh!

Ich gebe zu, dass ich mir Sorgen gemacht hatte, dass du an meinem Fleisch keinen Gefallen findest. Aber deine Augen lügen nicht – und du hattest das Fleisch mit den Händen angefasst.

Keine Sorge! Es ist okay! Wenn ich könnte, würde ich es dir schenken, damit du es nach Hause mitnehmen kannst. Dann hattest du es wieder hergerichtet und mit der Decke zugedeckt.

Kurz danach erschien die junge, hübschgemachte Schwester Irina zu ihrer Abendrunde. Ich wette, sie benutzt ein Scheißparfüm – Patschulityp! Sie hatte sich so tief über mich gebeugt, dass ich Angst bekam. Mit einem feuchten Tuch fummelt sie immer in meinem Gesicht herum. Es hatte mich genervt, weil ich zu diesem Zeitpunkt deine Augen aus dem Blick verlor.

Plötzlich, wie von einer Tarantel gestochen, sprang sie auf. Ich hatte mich erschrocken, wusste nicht was los war. Sie drehte sich um. Da merkte ich, dass du ganz dicht bei ihr standest.

Sie verpasste dir eine Ohrfeige.

Als sie dir eine zweite kleben wollte, packtest du ihren Unterarm und zogst sie ganz eng zu dir. Zunächst schien sie, sich wehren zu wollen: mit der freien Hand hämmerte sie auf deiner Brust – so lange es ging.

Als du deine Zunge in ihren Mund gesteckt hattest, wurde sie ganz weich. Du hattest sie langsam gegen die Wand geschoben und ihren Kittel aufgeknöpft.

In dem Augenblick verlor ich meine Augen und die Welt verschwand. Zum falschen Zeitpunkt.

Als sie sich wieder eingeschaltet hatte, war es schon dunkel, und ich war allein mit der Uhr, die darauf zu warten schien, mir die Gutenachtgeschichte zu erzählen.

Ich schrie sie an: lass mich in Ruhe mit deinem Kinderkram! Ich will nie mehr eine Gutenachtgeschichte!

Ja, ich war wütend, und ich wusste nicht, warum.

Es wurde eine lange, scheußliche Nacht.

Aber ich bin nicht sauer. Es lag an mir – mein Fleisch hat dich dazu angetrieben. Sei nicht traurig. Ich würde dich gerne trösten, wenn ich könnte.

Am nächsten Morgen sagte Emmy – Emmy ist eine Stimme, die ich „Emmy“ nenne: du bist eifersüchtig! Das gibt’s doch gar nicht!

Emmy ist nicht aus der Welt – sie ist nur eine Stimme – meine andere Stimme. Aber keine Sorge, sie meldet sich nur sehr selten.

Übrigens, ich starre auch manchmal auf deinen Po – ich gebe es zu! Ich bin auch normal – zumindest in dieser Hinsicht.

Sonst ... Na, ja!

Ich habe es natürlich besser als der Normalbürger.

Ich muss nicht um meinen Arbeitsplatz bangen, mich nicht mit Vermietern oder Nachbarn herumstreiten, nicht die Anzüglichkeiten meines Chefs ertragen.

Ich habe sogar meine eigene Putzfrau. Sie ist eine Ausländerin. Sie schaut mich immer so mitleidig an, dass es schon nervt. Ich lese ihre Lippen, die immer wiederholen: *pobre chica, pobre chica.*

Keine Ahnung, was das bedeutet.

Mama kommt immer um zwölf. Ich lese ihre Lippen: Mahlzeit! sagt sie und lacht.

Oh, ich liebe sie! Sie bleibt bis kurz vor drei.

Zehn Minuten später kommst du.

Manchmal bin ich unausstehlich – ich kann mich selber kaum ertragen. Alles nervt mich, Schwester Martha, die Ärzte – sogar meine Mama.

Manchmal bin ich einfach nur traurig.

Dann kommt mir meine Welt zu groß und zu finster, oder zu klein und zu eng vor. Ohne irgendeinen bestimmten Grund – einfach so! Mama merkt das, weißt du? Ich weiß nicht, wie sie das macht, aber ich weiß es. Dann ist sie besonders lustig. Ich lese ihre Lippen, und ich fühle mich gleich besser.

Außer Mama bemerkt niemand meine Launen.

Eigentlich wäre ich eine gute Partie – eine perfekte Ehefrau: liebevoll, zurückhaltend, still, anspruchslos, geduldig, wohlhabend. Ich bringe hübsches Fleisch in die Ehe, das jederzeit verfügbar ist. Denk mal darüber nach!

Zehn vor zwölf – Mama kommt gleich. Ich freue mich, sie zu sehen. Ich hoffe nur, dass ich die Augen bei mir habe, zu dem Zeitpunkt. Und bin aufgeregt, weil danach, kurz nachdem Mamas Lippen Tschüss, Liebes! sagen, kommt der Zeitpunkt unseres Wiedersehens!

Du kommst doch – oder?

Ich würde dich gerne auf einen Kaffee einladen, aber das geht aus den verschiedensten Gründen nicht. Das siehst du hoffentlich ein. Ich weiß noch nicht mal mehr, wie Kaffee schmeckt.

Vielleicht fragst du dich manchmal, was mir durch den Kopf geht – ob mir überhaupt was durch den Kopf geht.

Die Tür geht auf: „Hallo Liebes!", lese ich die Lippen.

Hallo Mama, schön dass du's geschafft hast, zu kommen. Sie drückt mit ihren Armen das Fleisch. Es nervt, dass sich alle nur um das Fleisch kümmern!

Jetzt wäre der richtige Zeitpunkt, ihr zu verraten, dass ich dich liebe – aber wie?

Ich kann mich nicht konzentrieren.

Das Lesen der Lippen strengt mich an.

Mama merkt es natürlich. Sie fragt: „Was ist los, Schatz? Geht's dir nicht gut?"

Sie prüft die Schläuche, richtet die Decke.

Ich denke nur an dich und an gestern.

Dann verschwinde ich.

Während ich später meine Augen öffne, merke ich, dass du im Raum bist. Mama ist wohl weg. Ich freue mich riesig und hoffe, dass du es wie gestern machst.

Es war aufregend.

Du hattest mir die ganze Zeit in die Augen geschaut – weißt du's eigentlich?

Obwohl Schwester Irinas Fleisch nackt war!

Du erscheinst endlich.

Deine grün-braunen Augen nähern sich.

Deine Augen werden immer größer.

Du schließt die Augen und lächelst.

Deine Lippen – sie sind fein gezeichnet und weich geformt. Ich würde sie so gerne berühren!

Eine Strähne deiner dunklen Locken fällt dir ins Gesicht, wie in Zeitlupe – ich möchte sie in alle Ewigkeit verfolgen.

Deine Haut glänzt, geschmückt mit den kostbarsten Perlen deines Schweißes. Gott, würde ich dich gerne streicheln!

Deine Augen gleiten seitlich weg.

Deine breiten Schultern verdecken die ganze Welt.

Gott, bist du groß!

Jetzt sind deine Augen wieder da – ganz nah!

Unsere Augen berühren sich fast!

Für einen Moment glaube ich, dass wir verschmelzen.

Ich wünschte, die Zeit würde jetzt stillstehen!

Sei still Uhr!

Ich verliere mein Gesicht – ich verschwinde nicht ...

... ein Pochen ...

... es ist nicht die Uhr ...

Deine grün-braunen Augen ...

Ich bekomme Angst – was tust du da?

Ich weiß natürlich: es ist das Fleisch.

Aber es ist verdammt mein Fleisch, in das du dringst!

Mein Körper!

Die Zeit bleibt stehen ...
Sag was Uhr!

Die Tür öffnet sich unerwartet.
Mama stürmt herein: „Ich habe mein Feuerzeug vergessen, Liebes ...“, lese ich noch.

In dem Augenblick reißt du den Mund auf – ich weiß, du brüllst – und ich explodiere!

Ich verliere meine Welt – ich verschwinde!
Ich werde zu einem einzigen Pochen!!

Es ist nicht die Uhr!!!
Das Herz!

Sag, wie kann das sein?

ab

schied – am ende

abrieb entfernend

schied die zeit

aus

LÜKTETÉS

POCHEN – ÜBERSETZT VON: EVA MARIA KASZIAN

Telefonálsz, mintha egyedül volnál a szobában, de tudod-e, hogy én olvasok az ajkaidról?

Élek.

Mint egy kis akváriumban – akkora csupán hogy a szemeimet ki tudom nyitni.

Amikor a nyakammal ez a dolog történt, 12 éves voltam és szerelmes. Sebestyénnek hivták, a korcsolyázás az ő ötlete volt. Mindegy. Eleinte kérdeztem magam, hogy elég lesz-e nekem ez az életforma, amig rájöttem, hogy valami döbbentően nagy maradt nekem: IDŐ.

Az én időm az Isten kezében van. Na meg az anyáméban. Ez így van. Nem vagyok hülye. Istenben bízhatok. De hosszú éveken át kételkedtem abban, hogy az én időm anyámnál jó kezekben van-e. Elismerem. Tudom kellene szégyeljem magam, hogy saját anyámban nem bíztam. De hát én Istenem, éppen a pubertásban voltam.

Ma szivesen bocsánatot kérnék ezért.

Talán kérdezed magadban, hogy mire gondolok – hogy emlékszem-e valamire, vagy még reménykedek-e, hogy valahogy minden helyre jön, vagy vannak-e még elvárásaim az élettől.

De én és a testem évek óta külön élünk. Ez van!

Már nekem az is mindegy, hogy ez a cső mindig a számban marad. Oxigénnel lát el – néha fel is sebez – és aztán megakadályoz, hogy megcsókoljál. A remény mégsem hal meg utoljára …

Miér nem beszélsz soha velem? Kívánságaidat az ajkadról olvasnám. Mesélhetnél bármiről – egész egyszerűen magadrol, a szüleidről, vagy ha nem másról, csak az eper áráról. Ez olyan volna számomra, mintha a világegyetem kitágulna, mintha ragyogó üstökösök hosszú csóvájukkal kereszteznék az egemet.

Én nem vagyok a szemem. Azok olyanok mint, a korcsolya volt amit kikölcsönöztem – jégre menni, nyakamat szegni. Én nem vagyok a szál ami velem összeköt, mint cipöfűző a korcsolyákat.

Akkor megállt az idő. Az én órám a zéró pontra esett vissza. Már egy ideje ismerlek, úgyhogy szépnek talállak. Sőt nagyon szépnek. Azt hiszem, beléd szerettem. Az érzés nagyobb, mint az akváriumom. Meg zavaró is. Néha. Olyan nagy bennem az összevisszaság, hogy ha tehetném, kiűzném magam az akváriumomból.

Isten látja a rossz lelkiismeretemet. Amikor a szemérmem kínoz, itt lenne a megfelelő alkalom, szemem világát kioltani, de ez nem rajtam múlik.

Mikor szemeim a fényt áteresztik, akkor rendszerint már nem vagy itt és ez jó így.

Ha az emberben ilyen erős az érzés, akkor a közelség veszélyes lehet. Az egyetlen amitől félek, az az, hogy egy szép napon kiég a biztositékom és elvesztem az eszemet. Megbolondulok.

Tudom, az én kis akváriumom pokollá válna. Az ördöggel egy medencében ülni, azt nem kivánom a legnagyobb ellenségemnek sem.

Nem vagyok a szemem. Csak néha tartozik hozzám. Ilyenkor tudom forgatni őket. Balra meg jobbra – fel és le. És ami fontos: be tudom őket csukni.
Nem vagyok a szemeim, de ha nincsenek itt, akkor eljött az idő – én eltünök.

Tudom, hogy nem igazán el, csak a tekintetemből vesztem el magam. Úgy kell elképzeld, mintha az agyam egy akváriumban úszna. Néha-néha bekapcsol. Jöhet a világ.

Anyukám szemeivel naponta talákozom.
Akkor boldog vagyok.
Akarnám, ha tudnék, erről soknak beszámolni, olyanoknak, akiket a vad oceán elsodort és már nem tudják hol vannak, vagy a végtelen fénytől megvakultak vagy elvakíttattak. Az erdőtől nem látják a fákat. Kacaghatsz – tényleg ilyen érzéseim vannak. Talán ez is egy fajta nagyzási mánia, de néha azt gondolom, hogy az én pici akváriumomból embereken segiteni tudnék.
Bolond vagyok? Talán. Végül is mindegy.
A világ öt ember egy házban és persze én, ott a húsommal a csöveken. Most te is…...
Régebben a világ többől állt. A testvérem abban az időben még nem tartozott hozzá….

Látod? A világ rövid időre el volt tünve-de már itt vagyok!

Becslésem szerint húsz éves lehetsz- lehetséges? Nagy a korkülömbség közöttünk. Nekem nincs jelentősége, neked?

Mi a neved?

Tudod-e, én Rogernek hívlak, nem gondolkoztam sokat, Roger egyszerüen beugrott, tehát így nevezlek – rendben?

Feltünt-e neked hogy milyen izgató nekem téged figyelni? Érdekfeszitő!

Megmagyarázom neked!

Mártha növér hétkor jön. Oh! El felejtettem! Nem emlitettem az órát. Pedig fontos! Amikor itt vagyok és senki sincs itt, akkor az órával beszélgetek.

Az óra elmeséli nekem a világ eseményeit. A hely választja ki a történést, de a külömbséget az időpont adja. Kiválasztok különbözö időpontokat és aztán kérdem például:

Mit csinál az elnök vasárnap déli két óra harminckor? Ő felel: tizennégy óra harminkor- gondolom, útban van a camp davidi golfpályához, vagy már ott is van a hármas lyuknál. Az óra világa egy külön világ, tele lehetőségekkel – végtelen és bizonytalan. Minden lehetséges de semmi sem biztos. Igen, én nem unatkozom soha!

Mártha nővér hétkor megy el.

Régebben tízkor és egykor jöttél. Az utóbbi időben kilenckor, háromkor és ötkor.

Hetente egyszer jön dr. Helmann, csak ritkán és csak futólag, de tudom ő, vagy Solokovski orvosnő. Egyszerre veled véletlenül? Vagy van köztetek valami?

Tulságosan öreg hozzád. Kövér, felcicomázott, de izléstelen.

Láttad a cipőit? Figyelj mindig a cipőkre. Én csak ritkán látom és csak futólag, de tudom hogy ez a tehén szinvak kell legyen. Azonkívül csak felületesen néz rád. Lenéz téged. Észreveszed egyáltalán?

Ne hazudj. Párszor elcsiptelek, ahogy a melleit nézted. Néha, amikor a hús fölé hajlik hogy a csöveket ellenőrizze, megprobálsz a mellkivágásába lesni. Malacka. Nem haragszom ezért rád, egy fiatalembernél úgy gondolom ez normális.

Egyszer- na igen-nagyon dühös voltam rád. Ez az az eset Irina nővérrel.

Rövddel öt óra után volt. Rendesen ötig maradsz. Azon a napon hatig maradtál.

De akkor kicsomagoltad a húst. Nagyon szép volt az arcodat az enyém közelében tudni. Szemeid csillogtak. Nyelvedel megnedvesitetted ajkaidat.

Először letoltad a takarót a húsról. Azután a hálóing gombjaival bajlodtál – gondolom – nem láthattam. Bensőleg kacagnom kellet.

Végül sikerült – megtaláltad amit akartál.
A szemedben felismertem, hogy a hús tetszik neked.
Ne tagad. Én örvendtem.
Őszintén szólva féltem attól, hogy a húsom nem tetszik neked. De a szemeid nem hazudnak. És a húst a kezedbe vetted.
Nem gond. Ez így rendben van. Ha tehetném, neked ajándékoznám, hogy magaddal vigyed. Aztán újra elrendezted és betakartad.

Röviddel ezután megjelent a fiatal, kikészített, Irina nővér az esti vizitre. Fogadni merek, egy pacsuli kölnit használ. Fölém hajolt, olyan erősen, hogy félni kezdtem. Egy nedves ronggyal matatott az arcom körül. Idegesitett, mert ebben a pillanatban, elvesztettem szemeidet.

Hirtelen felugrott, mintha mérges pók csipte volna meg. Akkor vettem észre, hogy szorosan mögötte álltál. Pofon vágott téged. Mikor másodszor is ütni akart, megfogtad a karját, magadhoz húztad. Először úgy nézet ki, védekezni akart.

Mikor a nyelvedet a szájába dugtad, teljesen ellágyult. Lassan a falig toltad, és kigomboltad a köpenyét. Abban a pillanatban, elvesztettem a szemeimet és a világ eltünt. Rossz idöpotban.

Mikor a szemeim újra bekapcsolodtak, sötét volt és én egyedül voltam az órával. Arra várt, hogy esti mesét mondjon nekem.

Rákiáltottam: hagyjál békében ezekkel a gyerekes dolgokkal! Soha többet nem akarok esti mesét hallani.

Igen dühös voltam, de nem tudtam miért.

Egy hosszú, rohadt éjszaka következett.

De nem haragszom. Rajtam múlott. Az én húsom izgatott fel téged. Ne légy szomorú. Szeretnélek megvigasztalni ha tehetném.

Másnap reggel azt mondta Emmy – Emmy egy hang. Emmynek neveztem. „Féltékeny vagy! Hihetetlen!" Emmy nem ebből a világból való, csak egy hang, az én másik hangom. Nyugi, nyugi – csak ritkán jelentezik.

Beismerem, néha rámeredek a fenekedre. Ezen a téren én is egész normális vagyok.

Máskülönben – na igen…

Persze jobb dolgom van, mint a normálpolgárnak. Nem kell aggodjak a munkahelyemért, nem kell a háziúrral, vagy a szomszéddal vitatkozzak, a főnök kötödéseit elviselnem.

Sőt, saját takaritónőm is van. Külföldi. Olyan részvéttel néz rám, hogy sokszor már idegesit. Olvasom az ajkain, ahogy állandóan ismétli "pobre chica, pobre chica".

Fogalmam sincs mit jelent.

Anyu mindig tizenkettőkor jön. Olvasom az ajkain: hello, mondja és kacag. Oh, én nagyon szeretem őt. Három óra elött elmegy.

Tiz perccel később jössz te.

Néha kiálhatatlan vagyok. Alig bírom saját magamat elviselni. Minden idegesit. Mártha növér, az orvosok, sőt az anyám is. Néha pedig csak egyszerüen szomorú vagyok. Néha-néha a világom túl nagynak, túl homályosnak tünik, vagy túl kicsinek és szűknek. Minden igazi ok nélkül. Csak egyszerűen úgy.

Anyu mindig észre veszi, tudod-e. Nem tudom hogy csinálja, de én biztos vagyok benne. Olyankor különösen vicces. Olvasok az ajkairól és rögtön jobban érzem magam.

Anyun kivűl senki nem veszi észre hangulatomat.

Tulajdonképen egy jó parti volnék. Tökéletes feleség, szerető, tartozkodó, csendes, igénytelen, türelmes, jómodú. Csinos húst hozok a házasságba. Ezen elgondolkozhatsz!

Tiz perc múlva tizenkettő. Anyukám mindjárt jön. Örvendek ha láthatom. Remélem a szemeim még itt vannak akkor, és izgatott vagyok, mert röviddel miután anyu ajkai "szia drágám"-mal elbúcsúzott, jön a mi találkozásunk ideje.

Ugye jössz?

Úgy szeretnélek meghivni egy kávéra, de ez különböző okok miatt lehetetlen. Már azt sem tudom milyen íze van a kávénak.

Néha talán kérded magadtól, mire gondolok – egyáltalán gondolok-e valamire.

Az ajtó nyilik, olvasom az ajkakat.
"Hello anyu, milyen jó hogy tudtál jönni." Karjaival megöleli a húst. Idegesit, hogy mindeki csak a hússal foglalkozik!
Most lenne a megfelelö idöpont, megmondani neki, hogy szeretlek, de hogy?
Nem tudok koncentrálni.
Az ajkak olvasása nagyon kimeritő.
Anyuka persze észreveszi-kérdi "mi van veled kincsem? Nem érzed jol magad?" Ellenőrzi a csöveket, megigazitja a takarómat.
Én csak reád gondolok és tegnapra.
És eltünök…

Késöbb, mikor a szemeimet kinyitom, észre veszem, hogy a szobában vagy. Anyu ejsze elment. Rémesen örvendek és remélem úgy csinálod, mint tegnap.
Nagyon izgató volt.
Tudtad, hogy egész idő alatt a szemembe néztél?

Bár Irina növér meztelen volt?

Végre megjelensz.
Zöld barna szemeid közelednek.
Szemeid mind nagyobbak lesznek.

Most becsukod és mosolyogsz.
Ajkaid finom vonalúak.
Szeretném megérinteni öket. Sötét hajadnak egy tincse az arcodba hull, lassitott felvételel, egy örökkévalóságig elnézném…

A bőröd fénylik izzadságod legdrágább gyöngyeivel diszitve.
Istenem hogy kivánlak megsimogatni!
Szemeid elmerengnek...
Széles vállaid betakarják az egész világot.
Istenem, milyen nagy vagy!
Szemeid megint itt vannak, egész közel!
Szemeink csaknem érintik egymást!
Egy pillanatig az az érzésem, hogy elolvadunk.

Kivánnám, álljon meg az idő!
Hallgass, Óra!
Elvesztem az arcomat de nem tünök el …

egy lüktetés…
ez nem az óra……
a te zöldes barna szemeid….
kezdek félni – mit csinálsz?

Persze tudom…. Ez a hús …

De az... baszd meg, az én húsom, ahova behatolsz …!

Az én testem…!!!

Megáll az idő…

Óra, mondj valamit…!

Az ajtó váratlanul kinyilik.
Anyu robog be: "az öngyujtómért jöttem, itt felejtettem" olvasom még….

Abban a pillanatban kitátod a szádat, tudom ordítsz – és én robbanok…!

Elvesztem a világomat – eltünök!

Egyetlen lüktetés lettem…!!

Nem az óra!

A szív…!

Mond, hogy lehet ez...?

INTERVIEW

„Herzlichen Glückwunsch, Val Sidal! Sie haben heute den Literaturnobelpreis des Jahres 2222 verliehen bekommen – eine Schnapszahl …“

„Wie es sich gehört …“

„Und – wie fühlt es sich an? Sind Sie stolz?“

„Wie Oskar!“

„Wie … Wer?!

„Wie Oskar …“

„Wer ist dieser Oskar?“

„Na ja, vor zweihundert Jahren, zur Zeit meines ersten Routers …“

„Cisco?“

„Idiot! Ich weiß, dass noch gestritten wird, ob Router, Hardware, Software oder Mensch meint – ich meine den Menschen …“

„Okay, der hieß also Oskar …“

„Unterbrechen Sie mich nicht dauernd – Mensch! Selbstverständlich hieß er nicht Oskar! Oder vielleicht doch – die Ahnenforschung läuft noch.“

„Nichts für ungut! Sie fühlen sich also, wie der, den die Ahnenforschung irgendwann ausgemacht haben wird …“

„Ich werde Sie schlagen, wenn Sie so weitermachen! Oskar hieß damals eine kleine, goldene Puppe, die in Hollywood an Stars verliehen wurde …“

„Sie meinen Barbie …“

„Eine männliche Puppe …“

„Ken …?“

„Oskar! Die Mythologie erzählt von dem komischen Gefühl, das der kleine Kerl bekam, wenn er bei der Verleihung da unten angefasst wurde …“

„Verstehe ... Aber ich habe Sie da unten nicht angefasst!“

„Unterstehen Sie sich!“

„Val Sidal, Milliarden von Menschen schauen uns zu …“

„Das tut mir leid, ich war nie ein Quotenkönig …“

„Wieviele Router – ich meine Menschen arbeiten heute für Sie?“

„Acht Millionen arbeitslose Germanisten, zwanzig Millionen Investmentbanker, zwei Schweizer Steuerberater und ein Ungar.“

„Ein Ungar …?“

„Ja, der andere war dauernd besoffen …“

„Was der Steuerberater macht, kann ich mir vorstellen – aber der Ungar?“

„Sie! Klar! Ich brauchte jemanden für Selbstmitleid, Minderwertigkeitskomplexe und Selbstmordgedanken …“

„Schön, jetzt sind Sie als Schriftsteller in die Ewigkeit eingegangen …“

„Werden Sie nicht ausfallend! Jedem Idioten, der irgendwann zwei Zeichen im Internet gekritzelt hat, wird die Ewigkeit zuteil.“

„Sogar mir …?“

„Jetzt überspannen Sie aber den Bogen! Ihnen? Als Journalist?“

„Schon gut – lassen Sie uns zurückblicken. Wie hat Ihr erster Router angefangen?“

„Mit einem Missverständnis …“

„Miss…“

„Irgendwann klappte es mit dem Schreiben nicht mehr so richtig. Bei einer Gelegenheit erwähnte er seiner Tochter gegenüber, dass er damit zunehmend Mühe hätte. Sie empfahl ihm die Leselupe. Daraufhin besorgte er sich eine Sehhilfe, eine billige Lupe und begann mit winzigen Buchstaben auf die Linse zu schreiben. So entstanden seine Kurzsichtigkeit und die ersten Kurzgeschichten.“

„Ha, ha – Kurzgeschichten! Ich verstehe …“

„Zyniker!“

„Entschuldigung – lassen Sie uns über den Preis sprechen. Welches Ihrer Werke wurde in der Laudatio besonders hervorgehoben?“

„Dieses Interview …“

„Aha …“

„Da staunen Sie, nicht wahr? Auf diesem Umweg gehen Sie auch in die Wahlhalle der Literatur ein …“

„Das Interview ist aber noch gar nicht …“

„Eben …“

„Verstehe ich nicht …“

„Als mein erster Router vor zweihundert Jahren als Schriftsteller endgültig gescheitert sein wird, wird er Physik studiert haben und, nach etlichen Fehlversuchen, eine Zeitmaschine entwickelt haben, die er mir in die Zukunft geschickt haben wird. Und ich werde es verhindert haben, dass er jemals etwas geschrieben haben wird.“

„Dann wird dieses Interview gar nicht statt…?“

„Freuen Sie sich nicht zu früh!“

vorm

spiegel deiner träume

verlor ich mein

gesicht los

gelöscht

TRAUTES HEIM UND GOLDKETTCHEN

„Sie rüttelte mich und flüsterte: Jemand ist im Haus ...! Ich habe den Einbrecher gesehen, wie er durch unsere offene Schlafzimmertür lugt! Steh auf! – mitten in der Nacht!“, begann der Hausherr zu erzählen.

Sein Blick verfolgte dabei seine Frau, wie sie das gute Kaffeeservice auf dem Couchtisch richtete und nickte: „Den Kaffee habe ich frisch aufgesetzt!“, strahlte sie Sonnenschein.

Er zog seine Krawatte zurecht, blickte in die Kamera: „Handys, Portemonnaies waren weg ...“

„Auch das Goldkettchen ...“, mit gestrenger Stirn schenkte sie der Reporterin Kaffee ein, die sich ihrerseits mit einem Kopfnicken bedankte, aus dem Sessel zu ihr aufblickte.

„Schön haben Sie es hier ...“, sagte und den Geruch von gehobenem Standard atmete: Zinn, Möbel, Fernseher und Teppiche aus einer Zeit, als Qualität noch in Zentnern und Jahrzehnten gemessen wurde – man hatte ja sonst nichts.

Etwas Staub auf den Plastiktulpen.

„Bei der Goldkette waren wir uns unsicher ...“, widersprach der untersetzte, weißhaarige Hausherr, „du verlegst manchmal Sachen ... Der Versicherung hatten wir es jedenfalls nicht gemeldet ...“

Er flüsterte, als könnte der Räuber noch im Haus sein: „Doch dann – “, jetzt blickte er verschmitzt in die Runde, „eine Sendung über einfache und wirksame Selbstverteidigung veränderte alles!“, er zeigte auf das Fernsehgerät, „Amerikanische Profis führten vor, wie jemand, der weder besonders klug, noch stark oder groß ist, sich gegen einen übermächtigen Angreifer behaupten kann!“

Der Kameramann blieb im Hintergrund, beugte sich aber nach vorne, um die Tasse entgegen zu nehmen – „Möchten sie mehr Zucker?“, er schüttelte den Kopf. Steif und fest sagte sie noch: „Ich habe das Kettchen nicht verloren!“, und setzte sich neben ihren Mann.

„Ich schlage vor, Sie erzählen einfach alles. Wir schneiden später im Studio. Auch ihre Videos ...“

Die beiden Altchen nickten verständnisvoll.

Der Kameramann gab das Zeichen. Die junge Reporterin hielt ihren Block auf dem Schoß, bereit für zusätzliche Notizen.

„Es handelt sich um osteuropäische Banden. Sie steigen ein, nehmen mit, was auf die Schnelle geht. Dann verschwinden sie auf der Autobahn Richtung Belgien. Das Dorf wächst – es lohnt sich mittlerweile, zu uns raus zu kommen, verstehen Sie?“

Die Kamera verfolgte seinen Blick durch die Terrassentür hinaus, zum sich lautlos drehenden Kran auf dem Nachbargrundstück.

„Die Versicherung hat bezahlt – “, seine Frau fiel ihm ins Wort: „Nicht das Goldkettchen und …“, er winke ab: „Ich sagte schon – wir haben es nicht gemeldet!“

„… Unsere Ruhe haben sie geraubt! Das verlorene Urvertrauen, in seinen eigenen vier Wänden geborgen und unantastbar zu sein, wurde nicht ersetzt!“

„Wir ertappen uns, auf kleinste Geräusche mit Herzrasen und schweißnassen Händen zu reagieren!“, dabei flocht sie ihre zittrigen Finger.

„Wissen Sie, früher fühlten wir uns auf unseren Straßen sicher; jetzt beäugen wir alles und jeden argwöhnisch: sind es Fremde, könnte es wieder die Bande sein? Beim Schneeschieben sprachen wir darüber mit unseren Nachbarn und dachten über einen Dorfsheriff nach. Wahrscheinlich wird es nicht das letzte Mal sein, hatte die Polizei gewarnt.“

Die Reporterin hatte die genauen Zahlen: mehr als zweitausend Wohnungseinbrüche seit der fraglichen Nacht. Sie nickte.

„Von den fünf Selbstverteidigungstechniken aus dem Fernsehen habe ich mir drei gemerkt – man sollte sich in meinem Alter nicht zu viel vornehmen, nicht wahr“ – er hob drei Finger. Auf der Terrasse huschte eine Katze vorbei, dann noch eine.

„Keine Sorge!“, gab die Gastgeberin Entwarnung, „nur Kostgänger – sie dürfen nicht ins Haus!“

Ihr Mann hatte kurz die Luft angehalten: „Zunächst begann ich vor dem großen Garderobenspiegel in der Diele, die Bewegungsabläufe wie in Zeitlupe nachzuahmen. Täglich. Stundenlang.“

„Sah aus, wie dieses Teischi ...", lächelte sie kess, „Er dachte, ich wüsste nicht, dass da was läuft. Aber er veränderte sich zusehends." Sie schenkte ihrem Mann Kaffee nach.

„Jedenfalls – nach zwei Monaten konnte ich vor dem Spiegel meine etwas schnelleren, geübteren Bewegungen nicht mehr richtig überwachen: der Blick von der Seite und von hinten fehlte mir. Also kaufte ich mir eine zweite Videokamera.

Im Wohnzimmer fand ich die richtigen Kamerapositionen schnell: die neue Kamera kam auf die Kommode. Für die Kamera meines Smartphones musste ich ein Ölgemälde versetzen. Etwas umständlicher war es, die zweite Videokamera anzubringen – ein älteres Modell. VHS." Er hob den Blick zur Decke: „Schließlich habe ich die Beleuchtung ausgetauscht und die Kamera an einer der tiefhängenden Leuchten befestigt." Sein Zeigefinger führte alle Blicke nach oben.

„Meine Frau war über die Veränderung nicht gerade begeistert. Nicht dass wir uns deswegen gestritten hätten, aber ich musste sie schon überzeugen – wenn Sie verstehen, was ich meine!"

Sie hielt die Serviette schüchtern vor den Mund und schmunzelte.

„Mein Training machte ab diesem Zeitpunkt sprunghafte Fortschritte. Manchmal verbrachte ich die halbe Nacht mit den Zeitlupenaufnahmen und korrigierte meine Technik. Nicht nur, dass ich fiter wurde – auch meine innere Ruhe kehrte zurück: die Angst vor einem erneuten Einbruch war wie weggeblasen. Im Gegenteil! Ich freute mich schon fast darauf."

Die Reporterin trank den letzten Schluck Kaffee aus, schüttelte den Kopf, als die freundliche Gastgeberin nach der Kaffeekanne griff, zeigte auf den Wasserkrug, und schob ihr das leere Glas entgegen.

„Ich muss fast sagen, weil mir irgendwann klar wurde: ich habe das Gelände – Raum und Zeit – noch nicht bedacht."

Er zeigte dabei mit beiden Händen in das geräumige Wohnzimmer. „Aus der Presse und den polizeilichen Veröffentlichungen wusste ich, dass die Einbrecher bestimmte Tageszeiten bevorzugen."

Der Kameramann schien mit den Lichtverhältnissen nicht mehr zufrieden zu sein – er justierte die Scheinwerfer, während der laufenden Aufnahme.

„Das Ziel war klar: findet der Angriff im Dunkeln statt – was auch beim ersten Mal der Fall war! –, dann sollte der Einbrecher überraschende Bedingungen vorfinden – logisch, oder? Alle Türen für die Nacht abschließen kostet weniger als eine Minute, und der Eindringling steht vor lauter verschlossenen Türen, ohne wirklich zu wissen, wo sich Wertsachen befinden – das sah auch meine Frau ein!", er nickte ihr zu. „Im Flur und in der Diele gibt es zwar nichts zu holen, dennoch wollte ich auch dort einige Hindernisse aufstellen. Ich bin sicher, wir hätten uns sehr schnell daran gewöhnt; da wollte sie aber nicht mitmachen." Er zeigte dabei anklagend auf seine Frau.

Sie lachte und tippte mit dem Zeigefinder auf ihre Stirn. Ihre für den Anlass frisch gemachten Silberlocken vibrierten dabei leicht.

„Teurer war die Investition in einen neuen, computergesicherten Safe. Im Internet haben wir ein Überwachungssystem mit integrierten Nachtsichtkameras gefunden: zwei fast gleichwertige Angebote.

Wir mussten dafür nicht einmal einen Kredit aufnehmen: nach Auflösung eines Sparbuchs und Kündigung des Bausparvertrages, den wir für unsere Tochter abgeschlossen hatten, konnten wir alles bar bezahlen – Installation inklusive. Der Bausparvertrag für unseren Sohn blieb sogar unangetastet!“ In seiner Stimme schwang Stolz und Glück mit. Dann bat er um eine kurze Unterbrechung. Wegen der Blase. Stand umständlich auf und verließ das Zimmer.

Die Reporterin gab dem Kameramann ein Zeichen, die Aufnahme weiter laufen zu lassen.

Die Gastgeberin lächelte zunächst schüchtern, fragend, als wüsste sie ohne ihren Mann nichts zu sagen. Dann fand sie doch noch etwas: „Wozu die sündhaft teuren Nachtsichtkameras, wollte ich damals wissen, alles war doch schon gesichert!“, sie breitete dabei fragend ihre Arme aus, als könnte die Reporterin antworten.

Ihr Mann kam wieder. Er zog noch seinen Gürtel über den Bauch und nahm Platz: „Wenn Sie jetzt glauben, ich hätte versucht, ihr mühsam die juristischen Implikationen („Habeam Corpus“) und die polizeiliche Beweissicherung zu erklären, für die ich einen halbjährigen Kurs an der Volkshochschule belegt hatte, oder sogar einen Streit vom Zaun gebrochen hätte, dann irren Sie sich.“

Er hatte die Frage seiner Frau gehört. „Im Gegenteil! Unbewusst hatte sie zwei Schwachstellen meiner Verteidigung offengelegt. Erstens: es musste sichergestellt werden, dass ich frühzeitig geweckt werde; und die Fluchtwege müssen selbstverständlich automatisch versperrt werden.

Die Lösungen, die wir gefunden haben, will ich hier aus Sicherheitsgründen nicht ausplaudern." Er zwinkerte geheimnisvoll: „Ich wollte den Heimvorteil nutzen, wie damals die unterlegenen Schlitzaugen gegen die Amis in Vietnam, verstehen Sie? Ich konnte mich in der Wohnung mit verbundenen Augen bewegen. Millimetergenau und blitzschnell!"

Der Kameramann konnte sich ein Lächeln nicht verkneifen.

„Dann begann die Zeit des Wartens."

„Das war das Schlimmste.", warf sie ein.

„Im Dorf wusste niemand von unseren Maßnahmen."

Die Gastgeberin mimte lächelnd und schulterzuckend.

„Man wunderte sich über unsere Unbekümmertheit – man dachte wahrscheinlich, wir hätten es vergessen. Wir sind ja auch nicht mehr die jüngsten, wissen Sie?"

Die Gastgeberin nickte zustimmend.

„Der Angriff fand zwei Jahre später am 25. Oktober um halb fünf morgens statt. Das Eindringen erfolgte diesmal durch die Terrassentür. Sobald die Tür aufbrach, wurde ich geweckt und die Wohnzimmertür – und nur die Wohnzimmertür – wurde automatisch lautlos entriegelt.

Sie würde sich automatisch wieder schließen, wenn die Lichtschranke meldet, dass ich das Wohnzimmer erreicht habe." Er richtete sich auf, sein Gesicht färbte sich rosa. „Ich will gerne zugeben, dass ich ein wenig aufgeregt war. Es war keine Angst – auf keinen Fall! Eher so etwas wie Lampenfieber."

Die Reporterin notierte etwas. Er hielt inne. Mit einem verstohlenen Blick auf den Block versuchte er etwas davon zu erhaschen.

„Schauen Sie! Es ist doch so: ich habe das ganze tausendmal geübt – ich brauchte nicht lange nach zu denken. Alles lief automatisch ab!"

Er stand auf. Der Kameramann zoomte in die Totale.

„Die erste Technik, die ich aus dem Fernsehen gelernt habe, ist unabhängig davon, ob ich den Einbrecher von hinten oder von vorne überrasche. Es läuft so ab: ich beginne plötzlich laut zu schreien, gestikuliere heftig mit den Händen und tue so, als hätte ich schreckliche Angst: Hilfe! Hilfe! Einbrecher!“ Er tat, was er sagte. „Die Experten betonten, dieses Überraschungsmoment wird dazu führen, dass der Einbrecher sich automatisch zu mir dreht – er muss sich einen Überblick über seine Situation verschaffen, über die Optionen, die ihm zur Verfügung stehen, verstehen Sie?“

Der Kameramann schien nicht mehr zu atmen. Die Reporterin lächelte nicht mehr.

Triumphierend: „Das ist der Augenblick, wo sich die Zimmerbeleuchtung mit doppelter Leuchtkraft einschaltet! Mich stört das nicht – ich könnte meine Technik mit geschlossenen Augen ausführen; aber der Einbrecher wird geblendet. Jetzt drehe ich den Kopf kurz weg von ihm und schreie: Schatz! Hier ist ein Einbrecher! Dieser Punkt ist sehr wichtig, hatten die Experten betont: in diesem Bruchteil der Sekunde trifft der Einbrecher die Entscheidung: kämpfen oder fliehen – je nach Typ – Kampftyp, oder Fluchttyp. So sind wir Menschen, verstehen Sie?“

Die Reporterin trank einen Schluck aus ihrem Glas und befeuchtete ihre Lippen mit der Zunge.

„Mein Einbrecher entschied sich für die Flucht und wollte, an mir vorbei, die Terrassentür erreichen. Vergessen sie nicht: ich bin wild am Gestikulieren, als hätte ich Angst!“ Seine Arme, sein Gesicht zeigten es. „Quasi zeitgleich machen wir einen Schritt aufeinander zu – von mir gewollt, für ihn total überraschend.

Er denkt ja, ich hätte Angst. Ich spanne meine Arme an, hole aus, presse die Finger zusammen, wie ein Schwimmer, und klatsche mit beiden Handflächen gleichzeitig auf seine Ohren, ziehe sofort die Arme weg, und mache zwei Schritte nach hinten.

Das alles geschieht in weniger als zwei Sekunden, das konnte man auf der Videoaufnahme sehen. Während des Trainings habe ich es auch schon unter einer Sekunde geschafft – egal! Das war die erste Technik."

Er legte sich wieder entspannt in die weiche Rücklehne des Ledersofas. Während er die Reporterin entschuldigend anlächelte, wischte er sich mit dem Daumen die Mundwinkel ab und nahm einen Schluck Kaffee.

„Die Wirkung ist verheerend, sagten die Spezialisten: im Gehirn baut sich ein extremer Überdruck auf, was zu sofortiger Verwirrung, sogar zu Gehirnblutungen führen kann. Hängt wohl davon ab, ob der Einbrecher den Mund gerade geschlossen hat. Wenn er Schnupfen hat, ist der Schaden definitiv größer, verstehen Sie?"

Das Licht der Scheinwerfer schien zu brechen. Durch den hohen Kohlendioxidanteil schimmerte die Luft gedämpft, fast wie Smog. Die Reporterin atmete tief durch; der Kameramann wischte sich die Stirn.

„Mein Einbrecher brüllte vor Schmerz und riss die Arme hoch. Komischer Weise zum Gesicht; davon hatten die Spezialisten nichts gesagt. Das ist das Zeichen: die zweite Technik, und, unmittelbar danach, die dritte einsetzten!", er kam jetzt so richtig in Fahrt.

„Die beiden Techniken gehen gewissermaßen nahtlos ineinander über. Ich kann Ihnen sagen, es hat Monate gedauert, bis ich die Abläufe sicher und schnell ausführen konnte. Wie oft ich anfangs den Unterleib meiner Frau getroffen habe …"

Das Gesicht seiner Frau mimte den Schmerz; dann lächelte sie.

„Zunächst schlägt man, in einer geduckten Haltung, mit der offenen Hand blitzschnell auf das ungeschützte Schambein. Ungeschützt, weil der Einbrecher die Arme hochgerissen hatte.

Um einen lebensbedrohenden Schaden zu verursachen, muss der Schlag präzise, aber noch nicht einmal zu wuchtig sein. Die Anatomie des Schambeins – na ja, das Knorpelstück ist nicht besonders fest. Unmittelbar nach diesem Treffer verliert der Einbrecher sein Gleichgewicht, kann nicht mehr stehen. Hinzu kommt ein unerträglicher Schmerz – schlimmer als Zahnschmerzen, hieß es im Fernsehen.“

Die Gastgeberin stand auf, schob zum Entsetzen des Kameramanns den Vorhang ganz zur Seite und öffnete das Fenster.

Die Reporterin bremste ihn mit einer zustimmenden Handbewegung. Die Hausfrau nahm wieder ihren Platz neben ihrem Ehemann ein. Währenddessen konnten die Scheinwerfer neu eingestellt werden.

„Wie erwartet griff mein Einbrecher nun einerseits zu seinem Schambein, und er versuchte reflexartig, sein Gleichgewicht zurück zu gewinnen – was ja nicht gelingen konnte. Gleich werden Sie verstehen, warum der Einsatz der letzten Technik zügig kommen muss, warum man so viel trainieren muss, bis alles richtig klappt.“

Die Reporterin begrub ihr Gesicht in ihren Händen. Der Kameramann beobachtete sie sorgenvoll. So hat er seine Kollegin noch nie elebt.

„Die Arme meines Einbrechers geben den Kopfbereich frei, und er sinkt langsam zu Boden. Jetzt kann ich mit einem gezielten, sehr einfachen Schlag auf seinen Hals, auf den Kehlkopf, die dritte Technik anbringen.

Wenn man richtig trifft – bedenken Sie: er fällt, alles muss sehr schnell gehen; das muss man wirklich üben! –, kann die Wirkung tödlich sein, sagten zumindest die Fachleute. Sie hatten Recht: nach dem dritten Schlag fiel der Einbrecher auf den Hinterkopf und blieb regungslos liegen. Wenn Sie jetzt glauben, dass meine Frau die ganze Zeit im Bett geblieben war und nur wartete, dann irren Sie sich!"

„Sobald sich die Wohnzimmertür automatisch verriegelt hatte, stand ich auf – ich hatte darauf bestanden, einen Bademantel anziehen zu dürfen. Ich holte das Paketklebeband und die Schere, wartete, wie einstudiert, an der Wohnzimmertür, bis mein Mann die Tür öffnete."

„Der Rest ist einfach: wir fesselten die Beine und die Handgelenke des Einbrechers und legten ihn mit vereinten Kräften auf den Bauch. Eigentlich hätte meine Frau sofort die Polizei rufen sollen, aber ich sagte: Warte – der Einbrecher war noch bei Bewusstsein."

Das nun maskenartig angespannte Gesicht der Reporterin wurde aschfahl. Sie schien auf ihre Unterlippe zu beißen.

„Einen Moment lang kam mir der Gedanke, seinen Kopf einige Male gegen den Boden zu schlagen – es war nur so ein innerer Impuls –, hatte es aber dann sein lassen: es war nicht Teil des automatisierten Ablaufs. Stattdessen fragte ich sie – Moment! Hatte ich erwähnt, dass der Einbrecher ein etwa fünfzehnjähriges Mädchen war?"

Die feucht glänzenden Augen der Reporterin entgingen der aufmerksamen Gastgeberin nicht.

Sie reichte ihr ein Papiertaschentuch.

„Wie auch immer – ich schrie also: Wer schickt dich! Antworte sofort! Wer schickt dich!? Aus den Polizeiberichten wusste ich, dass es Hintermänner gab.

Die Einbrecher werden losgeschickt und professionell gesteuert – aber von wem? Ich wollte ... Ich hatte die Hoffnung, dass es dieselbe Bande von vor vier Jahren ist, und wenn ich wüsste, wer der Kopf ist, dann könnten wir vielleicht noch etwas zurückbekommen.

Sie rang nach Luft, was nach dem Schlag auf den Hals kein Wunder war. Ich wiederholte die Frage, und um ihm klar zu machen, dass ich unbedingt eine Antwort haben will, trat ich gegen seine Rippen auf der Leberseite. Der Vorteil dieses Tritts ist, dass der Schmerz zwar groß, und die eventuelle Schädigung der Leber nicht unerheblich ist, aber – man kann noch sprechen."

Die Reporterin brach in Tränen aus, bat um Entschuldigung und sprang auf.

Die Gastgeberin begleitete sie verständnisvoll zum Gäste-WC. „Machen sie weiter ...", stammelte die Reporterin noch.

„*Papa ...*, stöhnte der Einbrecher, *Ich bin nicht dein Papa!*, brüllte ich, *Wer schickt dich? Wer ist der Boss?*"

Er kam richtig in Fahrt, als würde er die Szene wieder durchleben.

Die Reporterin schien die Fassung wieder gefunden zu haben. Mit leicht verschmiertem Make-up kam sie in Begleitung der Gastgeberin zurück.

„Ich schubste es mit den Zehenspitzen noch ein, zwei Mal, aber es war zwecklos: es hatte das Bewusstsein verloren. Ich gab meiner Frau das Zeichen und sagte noch: es ist wohl eine rumänische Zigeunerin!", ihre Unterlippe zuckte leicht.

„… und wählte den Notruf!", ihre Bäckchen glühten.

„Ich wusste genau, was sie sagen wird – mein Gott, wie oft haben wir das geübt!", er winkte ab.

Es entstand eine Pause.

Die Anwesenden schienen etwas Zeit zu benötigen, um ihre jeweiligen Bilder und Gefühle wieder einzufangen und zusammen zu führen.

Mit frischem Sauerstoff versorgt, wieder in ihre alten Rollen zu schlüpfen.

„Die Polizei traf nach zwanzig Minuten ein – früher als wir dachten. Der Einbrecher war immer noch bewusstlos. Die Beamten waren überrascht, als sie das Paket fertig geschnürt, zum Abholen bereit, vorfanden. Ich will nicht leugnen, dass ich ein bisschen stolz war. Der Notarzt sagte, der Einbrecher hätte keinen Puls mehr.

Sie verfrachteten das Mädchen in den Rettungswagen und brausten mit Blaulicht davon. Vielleicht war es schon tot. Das nächste Mal wird es sich jedenfalls drei Mal überlegen, ob es bei uns einbricht!"

„Ich habe das Bisschen Speichel und die Tränen schnell weggewischt. Hätte mein Mann seine Nase gegen den Boden geschlagen, dann hätte ich das Blut, den ganzen Dreck auch noch aufnehmen müssen."

„Klar, wir konnten unsere Maßnahmen nicht mehr geheim halten. Einer der Sanitäter war aus dem Dorf. Wahrscheinlich hat er gequatscht. Bald kamen Nachbarn zur Besichtigung, und die ersten Anfragen, ob ich denn helfen könnte – mit meiner Erfahrung."

Er beugte sich vor und fuhr mit weiten Gesten fort: „Anschließend betrieb ich eine kleine GmbH für häusliche Sicherheit: Training, Beschaffung, Installation und Wartung."Die Reporterin blickte starr in die dunkeln Tiefen, die nur sie in dem kalten Gebrüu in der Tasse erkennen konnte.

„Vor drei Jahren hat mein Sohn die Firma übernommen."

Seine Frau schaltete sich wiederbelebt ein: „Übrigens, Die Videoaufnahmen verwenden wir heute noch für die Werbung im Internet und Fernsehen."

„Wie ich schon sagte: unser Dorf wird weiterwachsen. Aber wir sind bestens aufgestellt."

Während der Kameramann die Scheinwerfer abbaute und sie in den Alukoffern verstaut, in den weißen Transporter vor der Haustür verfrachtete, wechselten sie noch ein paar Worte.

Die Reporterin bedankte sich für das Interview und folgte dem Kameramann zum Ausgang.

Auf der Schwelle blieb sie stehen, holte tief Luft und drehte sich zu der sichtlich ermüdeten Gastgeberin. Während sie die Hand zum Abschied reichte, schien sie mit der anderen etwas in ihrer Handtasche zu suchen.

„Auf Wiedersehen", sagte die alte Dame und wollte sich schon abwenden, als die Reporterin ihr hastig etwas in die Hand drückte.

„Das gehört Ihnen!", sagte sie mit gedämpfter Stimme, „Maria hat das Goldkettchen immer getragen; dann bekam sie schlechtes Gewissen, traute sich aber nicht, es zurück zu bringen."

Der Blick der Reporterin bohrte sich durch die Augen der alten Dame.

„In der Nacht wollte sie das Kettchen zurückgeben – hineinschmuggeln. Das Goldkettchen hat mir Glück gebracht – das waren ihre letzten Worte.

Meine kleine Schwester wurde nur siebzehn ..."

BLÜTENNARBEN

Auf verrückte Gedanken kommt man in der Blumen- und Gartenabteilung eines Baumarktes, wenn man sich für einen Intellektuellen hält.

Palmen: globalisierte Exotik.

Gentechnologie: den Rosenduft weggekreuzt.

Meine Enkelkinder mussten einmal ihre Nasen in das Glas mit der Rosenblütenmarmelade stecken, die ich beim Türken extra für die Übung geholt hatte, damit sie davon eine Vorstellung bekommen. Riecht gut, sagte der Kleinere, und ich beobachtete, wie er sich eine Erinnerung anlegte. Ein Gefühl. Für später. Und: Warum dürfen Freesien immer noch duften?

Ich bereite gerade meine nächste Lesung vor.

Die ersten Termine waren schlecht besucht – eine Handvoll Gäste. Hätte auch zuhause veranstalten können – ohne Stühle: die Wohnzimmergarnitur zwischen den Zimmerpflanzen hätte gereicht. So kam mir die Idee, künftig immer unter einer Palme zu lesen.

„Kennen Sie mich noch?“ – die Stimme – sie kommt mir bekannt vor.

Ich drehe mich zu ihr.

Er hat sich kaum verändert – die paar Wunden mehr im Gesicht, die er sich nach der Zeit geholt hat, als wir uns einmal die Woche in der Förderschule sahen, waren auch längst verheilt.

„Ich habe hier einen richtigen Job!“ – wie sehr ich damals gezweifelt habe, diesen Stolz jemals auf diesem Gesicht zu sehen.

Als Lesepate übte ich damals mit Schülern. Damit sie wenigstens die Zeitung lesen können. Oder ein zweites Buch. Obwohl das erste – das Eine – sie auch nur vom Sagenhören kannten, verkündet in der Moschee, oder von der Kanzel.

Sie mühten sich redlich, doch meist blieben die Geschichten wie die Geheimnisse von verführerischen Jungfrauenkörpern hinter der Buchstabenburka der Texte verschleiert und unberührt.

Darum erfand ich welche, die sie dann hören konnten. Und sie machten sich begeistert ihren eigenen Reim darauf.

Ob ich es ehrenamtlich tun würde, wurde ich manchmal gefragt. Nein – ehrenhalber, antwortete ich dann. Dass es eigentlich Sühne war, wollte ich nicht jedem auf die Nase binden.

Ein paar Narbeninseln mehr auf dem Wuschelkopf rufen mir das Bild des Kleingewachsenen in Erinnerung, wie der von Schülern und Lehrern gefürchtete Rabauke mit Knasterfahrung es genoss, wenn ich mit der Hand durch seine Stoppelhaare fuhr und erzählte. Nur, dass er nicht schnurrte.

„Kannst du dich noch an irgendeine Geschichte erinnern?“

Wie der Bauer lange nach der Aussaat das Feld mustert, will ich auch wissen, ob es nur um sonst, oder auch vergebens war.

„Ja, ich muss oft an Franz und die Magd denken …“, sagt er, und ich muss lachen – mein Franz, der am Vorabend der letzten Schlacht des Dreißigjährigen Krieges (Die Schlacht von Wevelinghoven) desertiert war – der Liebe wegen ...

Seine kleingehauene Seele braucht auch heute kaum mehr Körper als damals …

„Schlägt dich dein Vater noch?“

„Er ist tot.

“Das tut mir leid, will meine Kopfstimme reflexartig beteuern, aber ich halte den Mund. Ich will nicht lügen.

„Beim Gebet hat ihn der Schlag getroffen.“

Allah ist gerecht, sagte er zum Abschied, während ich ihm die Hand reichen würde.

ausufernder

strand versandet

raufboldende gischt ich --

geduckt hinter der

maske

ALABONSTER

Weißt Du, wir liebten Vaters Gutenachtgeschichten. Die von Pepito und dem Tüftelmonster ganz besonders. Vater erfand jeden Abend eine Neue – in Echtzeit, beim Erzählen.

„Erzähl bitte noch eine Geschichte…, bitteee... Papi…"

„Schlaft jetzt lieber. Ich singe euch ein Lied."

Ich setzte mich auf. „Gibt es Alabonster wirklich?"

Meine Schwester sagte klug: „Dummkopf, Monster gibt es nur in Märchen!", und gab ihm einen Kuss. „Erzähl bitte eine Monstergeschichte…

Ich flehte: „Bitte, bitte, eine Geschichte von Pepito, bitteeee…"

Vater ließ sich immer breitschlagen: „Na gut…"

Wir legten uns hin und zogen die Decke bis übers Kinn.

Es war einmal … ein armer mexikanischer Bauer.

Er hieß Pepito. Er lebte allein in Mexiko. Mexiko liegt in Mittelamerika. Jeden Morgen stand Pepito auf und sagte sich, ich bin so arm und allein, niemand spricht mit mir, niemand spielt mit mir. Ich arbeite hart auf dem Feld und doch habe ich kaum etwas zu essen.

Jeden Abend legte sich Pepito todmüde ins Bett und dachte nach. Er dachte über Kakteen, den Himmel, die Sonne, die Schlangen, die Fliegen und Spinnen nach. Und er dachte über das Feuer im Himmel und das Wasser unter der Erde nach. Er schaute durch das Fenster in die dunkle Nacht und zählte die Sterne, bis er einschlief.

Eines Abends als er gerade anfing, die Sterne zu zählen – er fing immer mit dem hellsten und schönsten Stern im ganzen Weltall an – hörte er eine Stimme.

„Kannst du mich sehen?"

Pepito erschrak. Die Stimme kam wieder.

„Du kannst mich doch sehen, oder?"

Pepito sagte nichts. Er hielt seinen Atem an.

„Was ist das für eine Stimme?", fragte er sich.

Sie klang, wie die eines Jungen, der zu jung für eine Männerstimme und zu alt für eine Babystimme war. Und sie ächzte und krächzte.

„Ich bin hier, auf deinem Lieblingsstern. Ich komme zu dir. Ich musste mich nur kurz ausruhen. Ich bin nach der langen Reise sooo müde."

Es war eine klare, heiße Nacht. Die Sterne schienen zu blinzeln, wenn man sie anschaute. Dann, plötzlich fiel eine Sternschuppe vom Himmel.

Gleichzeitig hörte Pepito die quietschende Stimme, ein langes Aaaaaaaaaaaaaaaaaaaaaaaaaa, so wie bei uns Kinder schreien, wenn sie in einem kalten, verschneiten Winter, mit dem Schlitten den Hang hinuntersausen.

Als das Licht der Sternschuppe Pepitos Fensterbank erreichte, gab es einen Knall, so als würde ein Holzbalken brechen. Und als das Licht aus dem Blickfeld verschwand, erschien plötzlich auf der Fensterbank ein kleines Wesen, nur so groß, wie ein Gartenzwerg.

Die Fenster an Pepitos Hütte hatten natürlich keine Glasscheiben. Tagsüber würden Glasscheiben heizen, und nachts würden sie es verhindern, dass die aufgestaute Hitze hinausströmt. Und in der Hitze der Nacht könnte Pepito nicht schlafen. Und er müsste dann wirklich alle Sterne am Himmel zählen. Und davon gibt's auch in Mexiko unendlich viele.

Der Winzling schrie lustig:

„Hier bin ich, endlich habe ich dich gefunden!"

„Wer bist du?", fragte Pepito.

„Ich bin das Tüftelmonster", sagte das Kleine.

„Wo kommst du her?"

„Ich komme aus der Welt, was glaubst du denn?"

„Es gibt keine Monster auf der Welt! Ich habe einen schrecklichen Alptraum", sagte Pepito.

„Doch! Ich kenne persönlich eine Million und auch alle anderen! Ich kenne sogar das Monster Alabonster, das Monster aller Monster! Alabonster schickt mich ja zu dir!"

„Zu mir? Warum denn?"

„Das war so, dass das Monster Alabonster, das Monster aller Monster, darüber sehr traurig war, dass die Menschen auf der Erde so unglücklich sind und so viel Angst haben. Es musste sich jeden einzelnen Menschen, der Hunger oder keine Arbeit hatte, oder traurig oder krank war, den ganzen Tag lang anschauen.

Es ist klar, dass es dann abends fix und fertig war. Es konnte nicht mehr schlafen. Es musste immer über die armen Menschen auf der Erde nachdenken.

Weil es nicht mehr schlafen konnte, wurde es immer müder und immer schwächer. Und es konnte seine Aufgaben als Monster aller Monster nicht mehr erledigen.

Einige Monster waren schon sehr unzufrieden und beklagten sich. Monster Alabonster, das Monster aller Monster, ist auch nicht mehr das, was es früher war.

Eines Tages sagte sich Alabonster, das Monster aller Monster: das kann so nicht mehr weiter gehen. Es rief alle Monster, die Guten und die Bösen, zur ersten Hauptversammlung aller Monster zusammen.

Dann sprach es von den armen Menschen auf der Erde, und wie sie leiden müssen, und dass deswegen es, Monster Alabonster, das Monster aller Monster, sehr, sehr traurig sei.

Es musste eine kurze Pause einlegen, um sich die Tränen von den Augen zu wischen. Auch die anderen Monster fingen an zu heulen. Sie haben so laut geheult, dass Monster Somnanbully, der seit dreihundert Jahren schlief, aufwachte und verstört fragte: was ist los, ist jemand gestorben?

Als Alabonster, das Monster aller Monster, wieder in der Lage war zu sprechen, sagte es, dass es beschlossen hatte, etwas gegen die Not der Menschen zu unternehmen. Und es hatte deswegen alle Monster zusammengetrommelt, damit jedes Monster, das eine Idee hat, wie man den Menschen helfen kann, sich melden sollte. Aber – kein Monster meldete sich. Sie hatten alle ihre Erfahrungen mit den Menschen.

Als das Monster Alabonster, das Monster aller Monster, schon wieder anfangen wollte zu weinen, da meldete ich mich, das Tüftelmonster, das kleinste Monster aller Monster.

Ich habe eine Idee, sagte ich.

Was ist Tüftelmonster, hast du wirklich eine Idee?

Ja, sagte ich. Ich schlage vor, sagte ich laut zu den versammelten Monstern in der Welt, dass jemand von uns die Menschen auf der Erde besucht und herausfindet, warum die Menschen so sehr leiden. Am besten sollte man den Allerärmsten unter den Armen auswählen. Und wenn wir dann mehr wissen, dann können wir überlegen, wie wir helfen. Alle Monster haben geklatscht.

Monster Alabonster, das Monster aller Monster, schien tief in Gedanken versunken zu sein, und ich machte mir Sorgen, dass ihm meine Idee nicht gefällt.

Dann fragte Alabonster: wer ist der Allerärmste unter den Armen?

Also, die Idee gefiel ihm doch, dachte ich und sagte schnell: es ist Pepito, also du, der arme mexikanische Bauer. Er ist einsam, arbeitet hart und hat kaum etwas zu essen und ist sehr traurig.

Alabonster, das Monster aller Monster, schloss das Auge – es hat ja nur ein Auge, um alles klarer zu sehen. Gut sagte es und sein Monstergesicht strahlte, wie schon lange nicht mehr. Wer ist dafür, dass wir Pepito besuchen? Fragte Monster Alabonster, das Monster aller Monster

Es haben so viele dafür gestimmt, dass man hätte bis ans Ende aller Tage zählen müssen, wollte man sie alle einzeln zählen.

„Und wer von uns soll Pepito besuchen?“, fragte Monster Alabonster, das Monster aller Monster.

Da meldete sich Monster Tutnix, das Monster aller Faulpelze: “Das Tüftelmonster sollte es sein. Es ist das Einzige von uns, das Pepito kennt.“

Und alle Monster der Welt sagten im Chor: Das Tüftelmonster soll es sein!

Und so bekam ich meinen Auftrag, sagte das Tüftelmonster und sprang von der Fensterbank mitten auf den Tisch.

Pepito fragte mit großen Augen: Und – was ist der Auftrag?“

„Die Menschheit zu retten, du Dummkopf!“

Ich fühlte, es war ein Auftrag.

Wir schliefen zufrieden ein, und Vater gab uns einen sanften Gutenachtkuss.

„Schlaft schön, Engel.“

FRAKTALETTE

ich

sach ma

nu lach ma --

die lage's ernst

genug

Griechische Verhältnisse

Pythagoras sagt:

^

seht

ein...........**!**..........**nie**

gelogen **wird mein satz** *wahr..*

!................falsch. . ...!

<........3^2+ 4^2 =5^2.... >

Religion

seht
ihr den gott
der nur mich liebt
untrennbar –
sich zeigt
im glauben?
er
□
zählt
mir

singt ihr das lied
das nur klingt
im kontrapunkt –
sich hört
im fühlen?

sagt ihr das wort
das nur beginnt
bedeutsam –
sich greift
im denken?

nix!

Kindes Lügen

kind
sein
frei – kein
engel – gibt's genug

lug
betrug
klammer darm-
klang **langer leerer** docht
zug
der bang – süppchen – kocht
im wort
– verborgen..**im nebel-sein**..vergiftet –
im
schlund

re: qui em auf den Krieg

Weinerlich, langsam, getragen, lautmalerisch vortragen

☻

ss-ch-w---
ei-ge-n pe-in-l-ich krieg-e k-ei-ne-n mehr hoch

Ref Rain:

Be-sie-gt ver-l-ætzt in-ten-siv sta-tion-irrt
se-di-er-t mit lie-be :□

ss-ch-w---
ei-ne-prie-st-er ich krieg-e k-ei-ne-n hö-he-punkt

Ref Rain:

Be-sie-gt ver-l-ætzt in-ten-siv sta-tion-irrt
se-di-er-t mit lie-be :□

ss-ch-w---
ei-ne schw-es-ter be-so-rg-t es mir mit dr-oh-ne

Ref Rain:

Be-sie-gt ver-l-ætzt in-ten-siv sta-tion-irrt
se-di-er-t mit lie-be **:**□

ss-ch-m**---**
au-s-ge-h-au-ch-t nul-li-ni-e aus die m-aus

Ref Rain:

Be-sie-gt ver-l-ætzt in-ten-siv sta-tion-irrt
se-di-er-t mit lie-be :□

Da segno poi coda

Co da

tränen gab es
im sonderangebot –
lach
kind!

ÜBER DEN AUTOR

Val Sidal schreibt seit seiner frühesten Jugend literarische Texte. Mit siebzehn verfasste er einen Einakter und sicherte sich damit Bestnoten im Literaturunterricht, sendete Gedichte an eine Literaturzeitschrift. Gebürtig aus Klausenburg (Rumänien) flüchtete er 1974 über Wien nach Deutschland. Er spricht fließend vier natürliche Sprachen; darüber hinaus beherrscht er drei Schriftsprachen und sieben Programmiersprachen. Er studierte Musik an zwei renommierten Musikhochschulen (in Klausenburg und Köln) und Informatik an der Uni Bonn und Fernuni Hagen. Er veranstaltet Lesungen mit Gitarrenmusik und gibt Gitarrenkonzerte in der Provinz.

Von Hause aus ist er Systemanalytiker, Softwareentwickler, Unternehmensberater und Coach.
2013 erschien die 1. Auflage von ZEIT.E – Voicings.
2019 erschien sein Kurzgeschichtenband: Lunatikoa – Wirklichkeitsquotient.
Er ist verheiratet, hat zwei Kinder und rentnert schreibend vor sich hin.
Er betreibt Facebook-Literatur in kürzesten Beiträgen und „dezilogs“ – Gedichte, die immer aus zehn Worten bestehen – ein von ihm entwickeltes Format, wie auch „Fraktalette“, die er in seinem Buch ZEIT.E – Voicings angehängt hatte.

Live Lesungsbeispiele aus ZEIT.E - Voicings (2014):

Has'n EURO? - https://www.youtube.com/watch?v=rjqw4UpJAyI
„NGAYA“ und „Die Schweiz im Garten

https://www.youtube.com/watch?v=ZR7JJEsMzLI

ZEICHEN
ZEICHNEN IN
ZEITEN.
ZWISCHEN
DEN ZEILEN
RUHT DIE
WELT

•

ANKÜNDIGUNG

Im März 2022 erscheint Val Sidals

Himels Körper – Fakeforce

Ein literarischer Thriller der Extraklasse.

Das Buch wird auf der Leipziger Buchmesse vorgestellt.

Auszüge, Begleitinformationen, Recherchematerial, Bilder und Videos werden ab derm 1. Januar. 2022 auf der Website www.fakeforce.de bereitgestellelt.

re

flexartig

denke dich böse --

kannst dir

verzeihen da

für

LESEPROBE

Die Regentroffen auf dem Sitz begannen bereits sich zu Pfützen zu organisieren. Adel schaltete ihr Cabrio mit der Fernbedienung wasserdicht. Sie wischte mit dem Ärmel ihres Militärjackets den Sitz und schwang sich in ihr BMWchen – ihres schwarzen Z1. „Scheiße! Mein Arsch wird feucht…“, säufzte sie in ihr Headset, und mit zittrigen Fingern zündete sie. Währen ihr Stöckelschuh das Gaspedal durchdrückte, sagte sie mit der säuselnden Stimme einer Yogalehrerin:

„Hey, Isidoro, keep cool! Der Junge ist okay und meine Titten haben ihn unter Kontrolle.“, dann hörte sie wieder lange zu, bog in die Mozartstraße ein. Vor der Doppelhaushälfte Nr 9 hielt sie an, stieg aus – unterm Dach wohnte ihr Fick-Freund.

„Es ist gut so einen zu haben, auf jeden Fall“, antwortete Adel stumm, während Isidoro weiter seinen Unmut wetterte – „du musst ihn durchleuchten und auch seinen Bruder. Einer, der für die US-Navy arbeitet ist grundsätzlich gefährlich!“

Aus Neandertal kommend von der Talstraße rechts, unter der Bahnunterführung und dann gegen die 7% Steigung des Gruitener Wegs Gas richtig geben – dann gleich links parken.

„Klar! Ciao!“ – Adel schaltete die Verbindung ab, zog den Zündschlüssel und stieg aus dem Wagen. Schnellen Schrittes, leicht gebeugt eilte sie zur Tür mit der Nummer 5 und klingelte. Sie musste dringend für kleine Miezekatzen und versuchte mit einem nervösen Tippel-Shuffle ihrer vollen Blase etwas Zeit zu verschaffen.

Dann klingelte sie wieder und hörte nicht mehr auf zu klingeln. Dann musste sie aufhören, weil sie nun endgültig „musste“. Fuck! – stöhnte sie, ging die paar Schritte zurück zu ihrem Wagen und schaute sich um – niemand war zu sehen. Auch die Regentropfen nicht, die auf ihrem Gesicht Make-Up-Kunst kreierten.

Da tat sie etwas, was sie das letzte Mal in Brasilen, bei ihrer Oma im Garten getan hatte. Sie lehnte sich mit einer Hand gegen ich Cabrio, und während sie unruhig die Straße beobachtete, machte sie die Beine breit und ließ ihre Schließmuskeln los. Sie trug nie einen Slip, aber selbst wenn. Ein Schauer innerer Erleichterung lief auf ihrem Rücken auf und ab und sie richtete dabei ihren Blick gegen den Himmel – Gott sei Dank, sagte ihre innere Stimme – das wäre beinahe in die Hosen gegangen!

Es war ihr nicht bewusst geworden, dass mit einem Mal das tote Huhn, das viele Blut an den Wänden aus ihrem Bewusstsein verschwunden waren.

Längst fertig und die Füße wieder unters sich, starrte sie immer noch in den Himmel. Die Wolkendecke riss auf und die Fetzen bekamen von irgendwoher Schub, so dass sie dem Licht Platz schafften – dem LICHT! Adel nahm durchaus auch den Mondschein war. Aber das bunte, wilde Lichtspiel wirkte aber ätherische außerirdisch. Sie dachte zuerst, es sei eine Lasershow. Riesige, märchenhafte Gestalten tobten und lösten sich auf, um wie aus dem Nichts wieder mit rasender Geschwindigkeit vor dem tief-schwartz-blauen Hintergrund wieder zu erscheinen. „Himmel!“, schrie Adel. Ihre Haut prikelte und kitzelte und sie musste sich kratzen. Ihre Klitoris pochte ohne eine sexuelle Erregung. In Panik riss sie die Wagentüt auf und raste los. Sie verbrachte den Abend in der Disco Corcovao unter der Schwebebahn.

Die Bilder von dem blutüberströmten Huhn in Rafaels Zimmer verfolgten sie auch bei der ohrenbetäubenden Musik. Auf der Fahrt hatte sie Miguel angerufen, und sich erkundigt, ob er was von Rafael wüsste. Miguel, der nebenbei – wie er behauptete – Security-Projekte in der Schweiz verfolgte, war in Zürich und hatte keine Ahnung von Rafaels Aufenthalt.

Gegen drei Uhr morgens quetschte sie sich zwischen die Brustkörbe und Pos – sich windendes, zuckendes, bunt verpacktes Fleisch. Auf dem Parkett im Rhythmus der Musik bassgebumste blasse Körper. Mit ihrer quergehaltenen rechten Hand schützte sie ihre prallen Titten und mit der linken bahnte sie sich den Weg in Richtung Ausgang. Raus aus dem ätzenden Gestank der Duftmarken.

Adel Gunzman war vor drei Jahren dem dicken Zeh des kanadischen Geschäftsmanns Isidoro s'Angelo im Whirlpool des Golf Ressorts „Quinta do Lago" in der Algarve begegnet. Sie zog ihren Fuß nicht vor Schreck weg, sodass Isidoro ihn mit dem Zeh zu streicheln begann.

Adel lächelte, als sie nüchtern feststellte „er ist so weich … ich mag es lieber härter …", und ließ dabei ihren stechenden Blick seine Badehose durchstechen – Isidoro zog blitzartig zurück. Später wechselten sie zur Poolbar.

„Ich schätze die Eleganz und Privatsphäre hier", betonte Isidoro mehrmals.

Das fünf Sterne Golf- Ressort ist mit ca. 2.000 Hektar am Atlantischen Ozean und dem Naturpark Ria Formosa mit Golfplätzen in erstklassiger Lage, zwischen herrlichen, grünen Pinien und Seen, nicht weit von Faro.

„Lifestyle pur! Hier ist …", Isidoro nahm ein Schluck von seinem Champagner und schwärmte weiter, als würde Quinta ihm gehören, „hier ist … Europas größter Golfplatz mit 72 Löchern.

Adel dachte dabei an Isidoros Schwanz und an Ficken. Und ob er es gut kann.

Abends trafen sie sich in Gigi's Beach Bar.

Adel erzählte von ihren brasilianischen Wurzeln – „kann man nicht übersehen, oder?" – und davon, dass sie Inhaberin einer kleinen Webdesignfirma in Deutschland sei, die für Kunden wie die Bayer AG in Wuppertal das Intranet entwickelt und betreibt. Dass die Firma genau die Größe ihres Schreibtisches plus 1 Stuhl, 1 Drucker und 1 Mülleimer hat, erwähnte sie ungefragt nicht. Auch, dass sie Buchhalterin, Designerin, Programmiererin, CEO und CFO und COO und für Akquise, Rechnungsstellung verantwortlich sei, hielt sie nicht für erwähnenswert. Solche Details interessieren einen Millionär in seinen besten Jahren, im besten Golfclub Europas sicher nicht, beruhigte sie sich.

Isidoro wollte wissen, ob sie häufig nachhause fliegen würde. Nach Brasilien …

Sie wollte nicht verheimlichen, dass wenn sie mal richtig krank sei, dann lieber zu ihrer Großmutter nach São Félix do Xingu fliegen würde, „Die ist eine Art Schamanin …"

„Huuh! Woodooooooooo …", mimikrite Isidoro den Zaubermann.

„Irgendwie schon …", begann Adel ihre Exotik-Legende zu erzählen, „weißt du - eigentlich ist sie eine Kräuterhexe.", spiegelte Adel Isidoros Maskerade, „… aber eher Schamanin. Sie kennt sich nicht nur mit Wildkräutern aus … Sie kennt die Heilwirkung von Blättern, Rinden und Wurzeln, Pilzen und Flechten, die es nur in der Gegend des Xingu Flusses gibt. Einmal war sogar ein Europäer – ein Heilpraktiker aus Deutschland glaube ich, bei ihr, der nach den Wirkungen der Pflanzen fragte. Sie Sprachen auch von Schlangen, Spinnen, Fischen, Krebsen – ich weiß nicht mehr …

HIMMELS KÖRPER

Gedankenverloren streichelte Roland Winkler seinen schlappen Schwanz sanft. „Er ist dabei! Er macht mit! Gerd Rodenkamp und ich! Die Kunst wird nach unserem Projekt eine völlig neue Dimension erhalten! Die Welt wird eine neue Dimension erhalten!“, jubelte er, obwohl neben ihm nur seine nackte Frau Monika und nicht die Reporter vom WDR lagen.

In den letzten Jahren hatte sich Monika Winkler oft gefragt, wie es möglich ist, dass ein so gut gebauter Mann wie Roland, so unglücklich sein konnte. Anfangs dachte sie, es läge an ihr, dass sie nicht attraktiv genug sei. Dass ihre Brüste zu klein seien oder ihre Lippen zu schmal.

„Bin ich zu knochig, oder zu aggressiv“, fragte sie einmal ihre Tante Margarete.

Nach dem schrecklichen Ereignis, das Monika die Mutter raubte, den Vater hinter Gittern brachte, und die Verstümmelung im Unterleib verursachte, deren Folge es war, dass sie keine Kinder bekommen könnte, war Tante Margarete wie eine Mutter zu ihr.

„Er ist so unglücklich und bei uns läuft gar nichts mehr“, sagte Monika unter Tränen, während Margarete sie zu trösten versuchte. „Wenn ich gefickt werden will, dann muss er doch seinen Job tun – oder? Dafür ist er doch da!“

„Will er nicht mehr mit dir schlafen“, fragte die Tante.

„Doch, schluchzte Monika, weißt du, er hat einen Schönen, Großen, aber das Ding wird nicht mehr hart. Selbst die Fleischwurst in der Kühltruhe im Supermarkt ist steifer“, beichtete sie.

„Dann kann ich dir nur Eines raten, meine Liebe, sagte die herzensgute und einfühlsame Tante ohne zu zögern: nimm die Fleischwurst!“

Und jetzt –Monika Winkler erkannte seit einiger Zeit ihren Mann nicht wieder. Er sprudelte nur so vor Energie und Leidenschaft.

Sie drehte sich zu Roland. „Hast du eine Freundin, gehst du fremd?“, fragte sie, ohne den leisesten Verdacht oder Vorwurf in der Stimme.

„Wie kommst du darauf?“

„Du fickst neuerdings wie ein Hengst, scheinst aber in Gedanken wo anders zu sein…“, sagte sie nüchtern.

„Vielen Dank! War das ein Kompliment oder ein Vorwurf?“

„Weder – noch, du bist nur so anders…“

„Es liegt wahrscheinlich an meinem Projekt. Ich habe die Bilder ununterbrochen im Kopf. Ich gehe mit den Bildern ins Bett und wache mit ihnen auf. Ich träume die ganze Nacht himmlische Bilder!“

„Himmlische Frauen?“

„Auch, aber nicht wie du denkst. Es sind abstrakte Formen und irrsinnige Farben.“

Sie lagen nackt nebeneinander und Roland schwärmte vom Projekt Himmels Körper.

„Jetzt brauche ich nur noch den richtigen Mann, der mir die Werkzeuge bauen kann. Rodenkamp hat mich angerufen. Er ist dabei. Er trifft sich nächste Woche mit Heinz Holzheim, einem stinkreichen Sammler und Mäzen. Er wird versuchen, ihn als Sponsor zu gewinnen.“

„Ihr habt doch gar keine Ahnung, ob das, was ihr vorhabt überhaupt machbar ist!“

„Deswegen brauche ich doch einen Fachmann – am besten noch vor dem Termin mit Holzheim. Mit einem Fachmann im Team hätten wir bessere Karten“, sagte Roland und zwirbelte verträumt Monikas kaffeebraune Brustwarze.

„Hör auf damit!“, fauchte sie und quetschte verspielt Rolands Eier - was natürlich wehtat!

Es war schon nach Mitternacht, als Roland bewusstwurde, dass das Aufstehen am nächsten Morgen qualvoll sein würde – er war kein Nachtmensch. Aber Monika ließ nicht locker – noch einmal musste er ran.

Vor dem Höhepunkt, von dem er nicht mehr glaubte, dass er ihn bekommen könnte, sagte Monika plötzlich: ich glaube, ich habe den richtigen Mann für dich – daraufhin kam er.

„Wir haben da einen Holländer, einen Forscher. Mir fällt sein Name nicht ein. Warte, irgendwie Hückstra oder so. Der kennt sich mit dem Himmel und den Wolken aus. Ich finde es morgen heraus. Schlaf schön!“

Roland schlief in der letzten Zeit immer schön.

Vielleicht waren die vielen sinnleeren Jahre doch keine verschwendete Zeit, sagte er sich. Ein Projekt solchen Ausmaßes ist nichts für einen Jüngling. Da ist Lebenserfahrung und geprüfte Leidensfähigkeit notwendig, dachte er und schlief seelenruhig ein.

Kurz bevor sie einschlief, fiel Monika der richtige Name des holländischen Forschers ein: Hank Dijkstra.

Aber Roland träumte schon vom Himmels Körper.

P+R

Der schwarze Geländewagen mit der hoch aufgeschlagenen Hecktür auf dem Park+Ride Parkplatz im Neandertal hob sich kaum vom dunklen Hintergrund ab. Der Wind trieb die letzten Wolken des Sturms vor sich und ließ den Mondschein blinzeln. Dabei blitzten der schwarze Lack und die Chromleisten flüchtig auf. Willem machte sich wegen des Lichts keine Sorgen. Doch was er gefunden hatte, hielt ihn seit Tagen in Panikzustand und ließ ihn nicht mehr los.

Wer hätte die Macht, es geheim zu halten, fragte er sich. Das Institut? Ich habe doch die Beweise. Man wird sie unter Verschluss halten. Kann der Staat die Wahrheit vertuschen?

Warum antwortet Hank nicht?

Es hat ihn große Überwindung gekostet, Hank zu kontaktieren. Ich vertraue sonst niemandem, stellte er in seiner Not fest. Hank sei zwar ein Arsch, aber er hätte ihn nie verraten. Als er mit 12 in Vaters Auto die Handbremse gelöste hatte und gegen das Garagentor rollte, hatte Hank Vaters Beschuldigung akzeptiert und die Strafe auf sich genommen – einen Monat lang jede Woche das Auto waschen.

Willem hat seinen Bruder bewundert – seine Energie, seine Offenheit. Plötzlich überwogen die positiven Erinnerungen und so entschloss er sich Hank eine verschlüsselte Nachricht zu senden: „(169/283)(153165)(12)=“ Es war ein sehr einfacher Code, den sie als Kinder für ihre Geheimnisse entwickelt hatten.

Ein Friedensangebot, sozusagen. WhatsApp zeigte, dass Hank die Nachricht gelesen hat.

Willem starrte auf das Display, auf dem immer noch die Formel schimmerte:

L-LEMMA:

Wenn n =2m dann ist n+1 nur dann prim, wenn für jedes k mit (n)! / (n-k)! ≡ r an der Stelle k mod (k+1)! gilt: r=0, k: {1, …, m}.

Dann schaute er auf die Uhr: 22:30.

Den seltsam schimmernden Stein legte er sorgfältig in einem Tuch verpackt neben die Kamera und räumte die Instrumente in die Alukoffer. Als erfahrener Stormchaser war er gewohnt auch im Dunkeln zügig und präzise zu arbeiten, ohne die hochsensible Elektronik und Optik zu beschädigen.

Das Fluggerät hat er erst bemerkt, als es schon senkrecht über ihm schwebte. Ein unvorstellbar leises Summen und Schnurren, ließ ihn hochblicken. Es war nur ein kurzer, flüchtiger Blick, denn im nächsten Augenblick musste er, während er zu Boden sank, alles versuchen, um nicht mit dem Kopf gegen den Kotflügel zu schlagen.

Er landete auf seinem Gesicht.

Das grüne und violette Licht, und dass das Ding zur Landung ansetzte, konnte er nur ahnen – bereits als er aufschlug war er tot.

Man wird sagen, er wurde vom Blitz erschlagen.

Von dem Alukoffer mit den seltsam glänzenden Steinen wird man im Polizeibericht kein Wort finden.

GOLFSTROM

Das E-Mail der GGG schlug auf Rico Hämattilas Bildschirm gegen 17 Uhr auf.

Ein Grad Celsius von der Klimakatastrophe entfernt?

Eine "International Taskforce" will mit einer dramatischen Warnung die Regierungen unter Druck setzen, schnell Maßnahmen gegen die Klimaerwärmung zu ergreifen

Will man dem Bericht von mehreren Organisationen glauben, so würde die Klimaerwärmung schnell einen dramatischen Verlauf nehmen. In zehn Jahren, so die Prognose, gäbe es kein Zurück mehr und wären Dürreperioden, Waldsterben, Ansteigen der Meere, Wasserknappheit und Missernten unausweichlich.

Zur International Climate Change Taskforce haben sich im März 2004 das britische Institute for Public Policy Research (ippr), das US-amerikanische Centre for American Progress und das Australia Institute zusammengeschlossen. Als Vorsitzende fungieren der Labour-Abgeordnete Stephen Byers und die republikanische Senatorin Olympia Snowe. Mitglied in der Taskforce sind noch 14 weitere Politiker und Wissenschaftler, darunter Ernst-Ulrich von Weizsäcker.

Sie gehen davon aus, dass es international einen wissenschaftlichen Konsens darüber gibt, dass die Klimaerwärmung zunimmt und dass die Hauptursache die von Menschen gemachte Abgabe von Treibhausgasen ist.

Erstmals wagt es ein Bericht, eine Zeitangabe dafür zu machen, ab wann die Klimaerwärmung unweigerlich katastrophale Folgen verursachen wird. Die Folgen könnten noch überboten werden, so wird gewarnt, wenn beispielsweise der Golfstrom unterbrochen wird.

Das einflussreiche Fachmagazin „Nature" veröffentlichte den dramatischen Befund: Europas ozeanische Fernheizung, der Nordatlantikstrom, habe nachgelassen.

Die warme Strömung aus dem Süden transportiere ein Drittel weniger Wasser als 48 Jahre zuvor, berichteten Forscher um Harry Bryden vom Nationalen Zentrum für Ozeanographie in Southampton. Ein vollständiger Abbruch des Golfstrom-Ausläufers würde in Europa vermutlich zu einer deutlichen Abkühlung führen.

Dieses Szenario wurde durch den Kinofilm "The Day After Tomorrow" auch außerhalb der Fachkreise bekannt.

Vorbereitungen auf die Eiszeit

Bryden gab bekannt, dass die atlantische Meeresströmung, die zu dem vergleichsweise milden Klima in Westeuropa führt, im November 2004 für zehn Tage gänzlich zum Erliegen gekommen war. Daraufhin diskutierten einige Wissenschaftler, wann der geeignete Zeitpunkt sei, den Regierungen zu empfehlen, Energievorräte anzulegen, um auf eine drohende Kaltzeit ausreichend vorbereitet zu sein.

Bryden und seine Kollegen haben ihre Analyse auf Daten, die von lediglich fünf Schiffsexpeditionen aus den Jahren 1957, 1981, 1992, 1998 und 2004 stammen gestützt.

Anzeichen für die hohe Variabilität der ozeanischen Fernheizung gab es schon länger. Wissenschaftler des Leibniz-Instituts für Meereswissenschaften in Kiel vermessen seit den 1970er Jahren die Atlantikströmungen vor Kanada und nahe der Karibik. Sie hatten ermittelt, dass die Strömungen in beiden Gebieten von Woche zu Woche erheblich schwanken.

Die Konservativen in den USA, die für den Klimaschutz nichts übrig haben, sehen in diesem Vorstoß nur ein weiteres Komplott und einen gigantischen Versuch, eine Theorie durch Zensur, Unterdrückung, Fälschung und Manipulation durchzusetzen. Ironisch wird angemerkt, dass der Bericht just zu der Zeit eines Kälteeinbruchs in Nordamerika veröffentlicht wurde.

Verglichen werden Bemühungen um Klimaschutz mit totalitären Regimes wie dem Faschismus oder Kommunismus. Das geheime Ziel dieser Verschwörung sei ein Angriff auf den Reichtum der USA.

Der Reichtum der USA ist und war immer das Ziel. Die neue Strategie, die Beute zu erlangen, setzt auf Taktiken der Umweltpanik, sagt Tom DeWeese, Präsident des American Policy Center.

Was nun?

Klimaerwärmung oder Eiszeit?

Fakt ist:

Die wahren Gründe des Klimawandels werden nach wie vor verschleiert!

Wir werden von Wissenschaftlern betrogen!

Bekämpfen Sie die wahren Ursachen der Klimakatastrophe!

Schließen Sie sich der GGG an!

Obwohl ihn Rico Hämattilas Faust mit einiger Wucht traf, flackerte der Bildschirm nicht.

Womit habe ich das verdient, fragte er sich, ohne ernsthaft nach einer Antwort zu suchen.

Es wäre noch zu früh gewesen ein Haus zu kaufen – abgesehen davon, dass die Immobilen in diesem Teil von Palo Alto extrem teuer und begehrt waren. Im Victorian hatte Hank alles was er brauchte – und noch mehr. Und als Dauergast eine Flatrate.

„Es war der zweite sehr warme Januar in Folge in Greenville, Pennsylvania. Man traf Männer in Shirts mit kurzen Ärmeln auf der Straße, weißt du?", erzählte Evelyne Packard beim Frühstück.

Seitdem die tüchtige Blondine, die das kleine Hotel mit nur 10 Zimmern alleine betrieb frühstückte sie mit Hank Dijkstra zusammen – ihr dementer Vater verbrachte den Tag in seinem Lieblingssessel in einer Ecke der Lobby sabbernd und dämmernd.

„Im März 1875 hatte eine Typhus-ähnliche Krankheit J. P. Packards Schwester dahingerafft, und am 2. April brannte das Exchange Hotel nieder. Am 2. März 1876 brannte Packards Hotel aus, und im April starb seine Frau, Ethel, an Typhus.

Im Herbst bekam Großvater eine schwere Depression. Er zog sich in sein zweites Hotel, ins Packard House auf der Main Street in Canton, Pennsylvania zurück. Der kalte, feuchte Winter und eine hartnäckige Influenza verschlechterten seinen Zustand. Der Arzt empfahl ihm, sich auf eine längere Reise zu machen. Er bräuchte Sonne, frische Luft und Ablenkung.

Ab Januar 1877 verbrachte er einige Monate auf Cuba und eröffnete ein Jahr später ein Hotel in Havanna.", als es beim Eingang die Klingel läutete sprang Evelyne auf: „Warte ich komme gleich!"

Im Laufe der Jahre kamen sich Hank und Evelyne näher – viel näher …

Nach fünf Jahren hatten sie beschlossen zwischen Hanks

Zimmer und dem Nachbarraum einen Durchbruch zu schaffen – so verlor das Hotel ein Zimmer, gewann aber eine Suite dazu, die allerdings für die absehbar nächsten 100 Jahre von einem holländischen Professor gebucht wurde.

Wenn Hank und Evelyne manchmal zu lange ferngesehen haben, dann blieb sie über Nacht. Wenn sie morgens ihre Gäste versorgt und ihren Vater in seine Position in der Lobby gebracht hatte, kam sie mit einem Frühstück für zwei und der aktuellen Ausgabe der USA Today wieder.

„Seine Geschäfte liefen sehr gut“, erzählte Evelyne weiter und kuschelte sich unter Hanks Decke, „sein Vermögen hätte es ihm erlaubt, ein ruhiges und entspanntes Leben in Canton zu führen. Es kam anders. Nur wenige wissen heute noch, dass diese kleine Gemeinde in Bradford County die Drehscheibe der Wanderzirkusse war.

Charles Lee und Sam Schribner hatten hier, auf ihrem Weg nach Muncy, immer angehalten und einige Vorstellungen gegeben. 1887, als sich die beiden Zirkusinhaber aus Horseheads, New York, zerstritten und getrennte Wege gingen, ließ sich Lee in Canton nieder. Für sein Wintertheater, in dem er als Professor LeCardo auftrat, mietete er ein leerstehendes Anwesen.

In der Ausgabe vom 12. August 1887 des „Canton Sentinel“ schaltete er eine Anzeige:

„Lee’s Zirkus wird am 22. August
die Great London 25c Railroad Show präsentieren".

Zwar konnte er nur einen einzigen Eisenbahnwaggon vorzeigen, aber er hatte schon früh den Wert des Tamtams in der Zeitung erkannt.

Der Sentinel lobte die Vorstellung in den höchsten Tönen:

„Lee beschäftigt 112 Personen und acht Indianer. A. F. Hagar leitete den ersten und Bert Saulsman den zweiten Teil. Die Kombination, Häuptling Rasender Elch mit Indianern der Blackfoot Agentur sowie eine türkische Kavallerie, sorgte dafür, dass die Aufführung die beste 25-cent Show der Welt wurde “.

Es war die Zirkusvorstellung, die das Leben meines

Großvaters grundlegend verändern sollte. Er verliebte sich in eine der jungen Indianerinnen.

Als er in der Blackfoot Agentur nach ihr fragte, stellte sich heraus, dass es sich um die 22Jährige Olivia Maria Sanchez handelte, eine gebürtige Peruanerin. 1889 heirateten sie. Olivia vertrug das Klima in Canton nicht und bekam Heimweh. 1892 beschlossen sie nach Peru umzusiedeln.

Großvater kaufte ein heruntergekommenes Hotel in der Hauptstadt Lima, im Stadtbezirk Surquillo, sanierte es und richtete es nach amerikanischem Vorbild ein. Olivia übernahm das Management, sie bekamen keine Kinder und mein Opa begann zu trinken.

Im Februar 1896 traf ein ungewöhnlicher Gast in Packards Hotel ein. Max war ein Deutscher. Er wolle einige Tage in Lima verbringen und einige Ausflüge in der Umgebung unternehmen. Anschließend wolle er nach Pachacámac, um archäologische Ausgrabungen vorzunehmen, sagte er: „Meine Arbeit in La Paz, in Bolivien hat meine Mittel aufgebraucht".

Als Max bereits aufgeben wollte, kam Großvater zu ihm und lud ihn auf einen Whisky ein. Max wiederholte sein Angebot. Olivia war erzürnt, als sie merkte, dass ihr Mann dabei war, auf das Geschäft einzugehen.

Mein Großvater interessierte Geld schon lange nicht mehr. Er fand den Deutschen sympathisch. Max erinnerte ihn an die Leute aus Greenville, Pennsylvania.

Max brachte sein Gepäck hinein. Seine Funde bewahrte er in zwei größeren Holzkoffern. In einem Rucksack befanden sich seine persönlichen Sachen. Ein kleiner Holzkasten vervollständigte sein Gepäck.

Das Geschäft schien doch zu platzen – nichts aus den beiden großen Koffern gefiel Großvater. Und Olivia wollte von dem Ganzen überhaupt nichts wissen. Sie schmollte hinter der Theke, und strafte ihren Mann mit verächtlichen Blicken.

„Was ist in dem kleinen Kasten?", fragte Großvater.

Printed in Poland
by Amazon Fulfillment
Poland Sp. z o.o., Wrocław

83051715R00106